Peter Muttersbach

GottesSpuren
Autobiografische Einsichten

© Peter Muttersbach, Schöningen 2008
Alle Rechte liegen beim Autor.

Satz, Layout und Umschlag: Peter Muttersbach
Fotos: Privat

ISBN 9-783837-063820

Herstellung und Verlag:
Books on Demand GmbH, Norderstedt

Inhalt

Vorwort

Liebe Leserin, lieber Leser!

Die Welt ist voller Leute, die hinterher schlau sind. Zu diesen Leuten zähle ich mich auch. Manches erscheint mir erst im Rückblick als erstaunliche Wegführung in meinem Leben. Da werden auf einmal Zusammenhänge deutlich, die sich im Augenblick des Geschehens nicht annähernd erkennen ließen. Was mir wie ein Störfall vorkam, entpuppte sich im Rückblick oft genug als notwendige Weichenstellung. Ich habe es gelernt – und manchmal auch widerwillig lernen müssen! –, mit Gottes liebevollem Eingreifen und Führen zu rechnen. So entdecke ich in meiner Lebensgeschichte so etwas wie einen roten Faden der Führung Gottes. Oder in einem anderen Bild gesprochen: Es sind Spuren, die Gott in meinem Leben hinterlassen hat. Dafür bin ich ihm von Herzen dankbar.

Mit Spuren ist es oft seltsam. Der eine erkennt sie, der andere steht ratlos da und sieht nichts. Am Titelbild dieses Bandes lässt sich das verständlich machen. Selbst bei genauem Hinsehen sind keine Spuren erkennbar,  obwohl in Wirklichkeit das ganze Bild voller Spuren ist. Es sind die Spuren des Windes, der alles geformt hat von der kleinsten Rippelmarke bis zur riesigen Düne. Das Bild selbst ist eine Momentaufnahme, die aber ahnen lässt, dass die Kräfte des Windes über eine längere Zeit einwirkten und weiter einwirken werden. Das mag ein Vergleich dafür sein, wie ich Entwicklungen meines Lebens für Vergangenheit und Zukunft einschätze. Es ist Gottes Einwirken erkennbar, manchmal als sanftes und kaum wahrnehmbares, manchmal aber auch als heftiges und erschütterndes Wirken. Nie habe ich im Rückblick den Eindruck gewonnen, dabei zur Marionette degradiert und missbraucht worden zu sein. Ganz im Gegenteil: Ich erkenne dankbar die liebevolle Fürsorge und Bewahrung, das behutsame und manchmal energische Lenken Gottes, der mir die Freiheit ließ, Fehler zu begehen, ohne mich fallen zu lassen.

Offensichtlich gönnte er mir von Herzen die Freude am Leben, das Lachen und Weinen, das Arbeiten und Faulenzen, das Lieben und Streiten, das Siegen und Verlieren. Deshalb habe ich im Rückblick keinen Grund zum Grollen. Ich kann weder Gott noch Menschen etwas vorwerfen, obwohl ich auch manches wegstecken musste, was mir schier unverständlich war und mich bitter schmerzte. Aber wer sich im Wellnessbereich des Lebens einbunkern will, hat nichts wirklich erfahren ehe er stirbt vor Langerweile.

Bleiben wir bei der bildhaften Vorstellung von Spuren. Auch wenn wir an andere Arten von Spuren – also nicht die des Windes – denken, so sind sie mehr als tote Hinterlassenschaften. Sie sind erkennbare Hinweise auf ein tatsächliches Geschehen. Das mag ein Geschehen in aller Stille gewesen sein oder auch ein dramatischer Vorgang. Oft sind Spuren – wie in der Natur – gar nicht durchgängig erkennbar. Aus der Logik der Spurenfolge erkennen wir dann doch sinnvolle Zusammenhänge. Was die Spuren Gottes in meinem Leben anbetrifft, glaube ich, dass Gott auch in den Spurenlücken wirksam war. Deshalb ist mir beim „Spurenlesen" durchaus bewusst, nur einen Teil dessen zu sehen, was Gott tatsächlich bewirkte. Auch mein Erkennen ist eben nur Stückwerk. Aber das, was mir erkennbar wurde, ist schon so bewegend, dass ich eigentlich nur staunend davon berichten kann.

Das ist nun der eigentliche Grund, einiges aus meiner Lebensgeschichte offenzulegen. Mir geht es um gewonnene Einsichten. Deshalb werden die folgenden Seiten nicht gefüllt mit einer Biographie im eigentlichen Sinne, in der möglichst akribisch alle Details aus sieben Jahrzehnten aufgeführt werden. Wen interessiert das schon? Es geht auch nicht um eine rückblickende Selbstrechtfertigung für diese oder jene Lebensentscheidung. Darüber mag jeder denken und urteilen, wie es ihm recht erscheint. Um die Spuren Gottes in meinem Leben geht es mir, um Gottes „roten Faden" darin.

Schöningen, August 2008

Teil I – Die erste Lebenshälfte

1
Kindheit

Eigentlich hat es mich gar nicht geben sollen. Man könnte sagen, ich habe mich trotzdem in diese Welt gemogelt. Ich gestehe allerdings ein, diese Fähigkeit zu mogeln besaß ich als hilfloser Embryo noch nicht. Damit ist aber auch angedeutet, dass die Ankündigung meiner Existenz einen Konflikt heraufbeschwor.

Der Konflikt bestand in folgender Konstellation: Meine Eltern hatten schon zwei Kinder, mein Vater war selten zu Hause – weil auf Montage und/oder in der Kneipe – und meine Mutter sah sich überfordert, mit einem dritten Kind das schon ziemlich schaukelige Familienschiff über Wasser zu halten. Das war 1939. Nach heutiger Abtreibungspraxis wäre das Problem per sozialer Indikation „gelöst" worden. Es hätte mein Leben mit den schönen Spuren Gottes gar nicht erst gegeben.

Was meine Mutter damals alles versucht hatte, mich zum Aufgeben zu bewegen, hat sie mir selbst später gebeichtet. Ihre Schilderung mehrerer Abtreibungsversuche war nicht erbaulich. Deshalb schweige ich über die Einzelheiten. Im Alter von zehn Jahren war ich mit dieser Beichte meiner Mutter emotional völlig überfordert. Verarbeiten konnte ich das Ganze erst viel später. Ich hörte mir ihre Geschichte schweigend an und dachte nur erstaunt: Warum erzählst du mir das? Das weiß ich doch längst, natürlich nicht die Details. Ich hatte schon immer das Gefühl, nicht willkommen zu sein. Jetzt kommt nur die Bestätigung und die Begründung meiner Mutter dazu – und ihr offensichtliches aber nicht wirklich ausgesprochenes Bedauern. Oder war es ihre Verwunderung, dass ich vor ihr saß und trotz allem da war? Denn nicht nur dieser unerwünschte Eintritt in ihr Leben und damit auch in mein eigenes war verwunderlich. Es waren auch die bis dahin vergangenen zehn Jahre, die ich überstanden hatte, obwohl einige Stationen anderes wahrscheinlicher machten.

Besonders einschneidend war eine Situation bei Kriegsende, die wir als Familie (ohne Vater) in Berlin erlebten. Die Infrastruktur Berlins war wie in vielen Städten Deutschlands zusammengebrochen. Es gab kein Heizmaterial, Wasser und Gas erwiesen sich als Glückssache, Lebensmittel waren ohnehin rationiert, aber auch diese Rationen gab es kaum noch. In der Stadt war Wohnraum knapp, einerseits durch Zerstörungen und andererseits durch den unglaublichen Flüchtlingsstrom aus den Vertreibungsgebieten. Seuchen breiteten sich aus. Die Kranken konnten nicht behandelt werden. Um eine Ausbreitung der Seuchen zu verhüten, mussten die Infizierten gemeldet werden, damit sie in Sammelbaracken kamen. Dort starben sie in der Regel. In unserer Nähe gab es eine solche Baracke. Im Frühsommer 1945 packte mich die Ruhr. Ich war völlig ausgemergelt. Nach dem Erzählen anderer sah ich aus wie eines der sterbenden

Hungerkinder in Afrika. Meine Mutter verheimlichte meine Erkrankung. Damit ging sie ein hohes Risiko ein. Ein Arzt sah ab und zu nach mir. Er konnte aber auch nichts für mich tun, außer mir Kohletabletten zu verabreichen, Ernährungshinweise zu geben und vor allem den Mund zu halten über meine Existenz als Seuchenkranken. Das Mietshaus, in dem wir wohnten, war wie ein kleines Dorf, in dem jeder jeden kannte, mit jedem stritt, aber auch jedem half. Die Nachbarschaft bemühte sich um leicht verdauliche Nahrung. An diese Zeit habe ich nur dämmerige Erinnerungen. Aber ich habe sie! – Ich habe sie, weil ich diese Situation überlebte. Im September konnte ich sogar eingeschult werden.

Zurück zu der oben gemachten Feststellung, dass ich als Kind schon früh wusste oder eigentlich ahnte, nicht willkommen zu sein. Klar, als Kind analysiert man seine Erlebnisse nicht. Aber intuitiv erfassen Kinder sehr wohl die Situation. Rückblickend festmachen kann ich das z. B. an zwei ständig wiederkehrenden Albträumen, die das spiegeln. In dem einen schwamm ich nachts in der Berliner Innenstadt in der dunklen und von Ufermauern eingefassten Spree. Ich konnte die Straßenlaternen sehen, aber keinen Menschen, der mir helfen könnte. Meine Situation war also aussichtslos. Im zweiten Traum ging ich durch unser Treppenhaus und anschließend auf die Straße. Da war niemand außer einigen Figuren, die so taten, als seien sie Menschen. Ich war in Wirklichkeit also völlig allein. Das erklärt wohl auch, dass ich lange Bettnässer war.

Der Start ins Leben sah also nicht besonders gut aus. Aber gerade dabei wird mir klar, wenn ich an diese Kindheitserinnerungen denke: Gott wollte, dass ich lebe. Er wollte, dass ich trotz der Belastung für meine Mutter das Licht der Welt erblickte. Er wollte auch, dass ich nicht in der Seuchenbaracke endete. Ich nehme an, dass auch diese Krankheitserfahrung meine Mutter nachdenklich machte. Sie hatte schließlich dabei um mein Leben gekämpft, hat für mich etwas riskiert und ist damit durchgekommen. Ihre Ablehnung mir gegenüber einerseits und ihre kämpferische Zuwendung zu mir andererseits entsprachen widerstreitenden Strebungen, mit denen sie irgendwie klarkommen musste. Ihre Beichte fünf Jahre später sollte sie wohl von Vergangenem entlasten. Dass das alles natürlich Spuren bei mir hinterlassen hat, gehört eben auch zu meiner Geschichte oder besser: zu Gottes Geschichte mit mir.

2
Erste Kontakte mit Baptisten

1948 wurde ich zu einer seltsamen Veranstaltung eingeladen. In unserer Straße gab es eine Spiel-Clique von Jungen und Mädchen verschiedenen Alters. Eines der älteren Mädchen machte uns den Vorschlag, am Sonntag in die Sonntagsschule mitzukommen. Sonntagsschule? Ich glaubte, mich verhört zu haben und fragte nach. Tatsächlich gab es Leute, die es nicht abschreckte, nach wöchentlicher Schulerfahrung auch noch am Sonntag eine Schule zu besuchen. Gleich in der Nachbarstraße gab es diese Sonntagsschule. Sie entpuppte sich als Kindergottesdienst in einem kleinen Saal mit Kirchenbänken und Harmonium. Es gab Mitarbeiter, die mit uns Lieder sangen und uns biblische Geschichten erzählten. Das war mir alles neu. Ich hatte bis dahin nie eine Kirche von innen gesehen, wenn man von meiner Kindertaufe absieht. Biblische Geschichten und fromme Lieder kannte ich natürlich auch nicht. Ich war so ein richtiger „Heide". Das lag natürlich auch daran, dass von unseren Eltern niemand etwas mit Kirche anfangen konnte, obwohl wir alle – wie es sich gehörte – lutherisch getauft waren. Jetzt also war ich zusammen mit meinem vier Jahre älteren Bruder in eine Sonntagsschule geraten. Ich fand Gefallen daran, auch wenn die Mitarbeiter mein Benehmen eher als Last empfanden. Deshalb waren sie wohl auch froh, mich bald abgeben zu können an eine Jungengruppe, in der es ohnehin etwas rauer zuging.

Diese Sonntagsschule im Berliner Stadtteil Adlershof und die dazugehörigen anderen Angebote für Kinder und Erwachsene bildeten eine Art Außenposten der Baptistengemeinde im Nachbarstadtteil Köpenick. Derartige Stationen bildeten einen Grundstock, um später daraus eine eigene Gemeinde entstehen zu lassen.

Aus dem Erstkontakt zu einer Baptistengemeinde über Sonntagsschule und Jungschargruppe wurde ein sehr langer, aber meist ziemlich dünner Entwicklungsstrang. Das ist erklärungsbedürftig. Mit *lang* meine ich die Zeitspanne von rund zehn Jahren, über die sich diese unverbindliche Beziehung erstreckte. Das ging nach der Jungschar über in den Bläserkreis der Hauptgemeinde und führte ziemlich spät erst in die dortige Jugendarbeit. Mit *dünn* meine ich eben diese Unverbindlichkeit, aber auch die Unbekümmertheit, mit der ich alles mitmachte, ohne wirklich zu realisieren – jedenfalls für mich persönlich zu realisieren –, was das alles zu bedeuten hatte, was ich zu hören und zu sehen bekam. Und das war nicht von schlechten Eltern! So bekam ich ja nicht nur durch die vielen Gottesdienste zu hören, was es mit dem Evangelium und dem Glauben an Jesus auf sich hat. Es kam viel heftiger. Durch mein Mitwirken im Köpenicker Bläserkreis nahm ich an vielen Einsätzen bei Zeltmissionen in Westberlin teil.[1] Die „härtesten" Evangelisten bekam ich so zu hören und natürlich hörte ich auch, dass es notwendig sei, sein Leben Jesus zu übergeben, also sich zu „bekehren", wenn man ein Kind Gottes sein wollte. Ich staune heute noch, wie die mit großem Nachdruck und manchmal nicht ohne Psychotricks vorgetragenen Predigten an mir abliefen. Diese Erfahrungskette mit den Baptisten bewirkte bei mir eher einen gewissen Sättigungsgrad. Weil ich das al-

---

[1] Vor dem Mauerbau 1961 konnte man sich in ganz Berlin relativ frei bewegen. Das führte dazu, dass Ostberliner Chöre und Bläsergruppen Zeltmissionen in Westberlin unterstützten, die es in Ostberlin nicht geben durfte.

les mitmachte und unterstützte, wuchs bei mir die Ansicht, doch ziemlich fromm zu sein und eigentlich schon dazu zu gehören. Gott konnte mit mir zufrieden sein. Sollten sich doch die anderen bekehren, die hatten es nötiger.

Ich ahnte nicht, dass auch dies eine Zeit Gottes mit mir war. Man kann es meine „christliche Sozialisation" nennen, eine Art Katechumenat, bei dem mir die Grundlagen des christlichen Glaubens auf vielfältige Weise nahe gebracht und verständlich gemacht wurden. Unterschiedlichste Leute in verschiedensten Situationen waren daran beteiligt, ohne zu ahnen, welche Bedeutung ihr Beitrag für meinen künftigen Weg haben würde. Ich kann sagen: Mit großer Geduld hat Gott durch Predigten, Bibellesen und intensive Erfahrungen mit anderen Christen bei mir einen bedeutsamen Grundstein gelegt für mein späteres Glauben und Wirken.

3
Lebenswende

Aber nicht nur „christliche Sozialisation" war diese Zeit für mich, sondern auch Wegstrecke zum nächsten Zwischenziel Gottes mit mir. Ein Generationswechsel in der Köpenicker Jugendarbeit spülte nun Jüngere in die Mitarbeit. Dazu gehörte auch ich. Es ergab sich eine Konstellation, in der ich zum Jugendleiter gekürt wurde. Das Besondere dabei: Ich war nicht Mitglied der Gemeinde und hatte für mich persönlich überhaupt noch nicht realisiert (siehe oben), was es mit dem Glauben wirklich auf sich hat. Die Gemeinde selbst hat das anscheinend nicht gestört, was mir bis heute nicht recht erklärlich ist.

Diese krumme Linie aber war eine, auf der Gott gerade schreiben konnte und wollte. Eine Mitarbeiterin der Gruppe hatte sich zu einer Tagung im Westberliner Norden angemeldet. Sie musste ihre Teilnahme aber absagen und bat mich, an ihrer Stelle teilzunehmen. Nach einigem Hin und Her ließ ich mich darauf ein, ohne recht zu wissen, was mir da begegnen würde. Um es kurz zu machen: Auf dieser Tagung begegnete ich Leuten, die von ihrer Beziehung zu Jesus sprachen, als stünde er leibhaftig neben ihnen. Das war faszinierend und zugleich reichlich starker Tobak für mich. Entweder waren die nicht ganz ernst zu nehmen oder in meiner Beziehung zu Gott war etwas dingend klärungsbedürftig. Ich war aufgewühlt, verunsichert, neugierig und an einem Punkt angelangt, an dem ich der Sache auf den Grund gehen wollte und musste.

Auf meinem Fußweg zur nächsten Bahnstation für die Rückfahrt quer durch Berlin sprach ich mit Gott: „Wenn es dich wirklich gibt, dann kann es vielleicht auch an mir liegen, dass wir nicht so recht miteinander klarkommen. Wenn es so ist, dann kannst du mir das ja zeigen!"

Mir war dieses Gebet ernst. Aber zugleich hatte ich ziemlich unbekümmert so gebetet. Es kam mir jedenfalls nicht in den Sinn, dass ich damit auch bei Gott etwas ausgelöst haben könnte. Ich stieg also in die U-

Bahn meines ersten Streckenabschnittes und dachte an nichts Besonderes. Nach einer Weile bemerkte ich, dass mir ständig Begebenheiten durch den Kopf gingen, in denen ich mich nicht gerade von meiner positiven Seite gezeigt hatte. Dieses höchst einseitige und seltsam klare Erinnerungsvermögen nahm langsam beängstigende Züge an. Es dämmerte mir immer mehr, dass es Dinge waren, die vor Gott schlicht und ergreifend als Sünde galten. Und da mich diese Erinnerungen geradezu überschwemmten, begann ich, sie während der weiteren Fahrt in ein kleines Notizbuch zu schreiben. Zugleich war ich erschrocken über die immer weiter zunehmende Länge dieser Liste.

Um es klar zu sagen: Hätte irgendein Pastor mir vorgeworfen, dies und jenes sei in meinem Leben Sünde, wäre er wohl an meinem heftigen Widerstand abgeprallt, schließlich könnte man das alles auch ganz anders sehen und beurteilen. Jetzt aber wurde mir deutlich: Du hast es hier mit Gott zu tun. Du hast bei ihm angefragt, und er hat geantwortet. Du wolltest ihn auf den Prüfstand stellen, jetzt macht er mit dir einen TÜV und dies nach seinen eigenen Spielregeln.

Das war einfach umwerfend. Ich hatte es direkt mit Gott zu tun. Da gab es kein Kneifen und Herauswinden. Die Sache war ernst. Mir wurde fast schlecht bei dem Gedanken, dass alles auf meiner Liste und all das, was ich jetzt nicht mehr aus Papiermangel aufschreiben konnte, mein tatsächliches Bild vor Gott abgab. Ich fühlte mich hundeelend und regelrecht ausgeliefert und hilflos. Was blieb mir übrig, als das zu tun, was ich zuvor schon als Empfehlung von manchem Evangelisten (natürlich für andere!) gehört hatte. Zuhause angekommen war ich aus irgend einem Grunde allein. Das war gut, konnte ich jetzt ungestört tun, was mir klar geworden war. Ich kniete mich hin und las Gott meine Liste vor. Klar, er wusste, was draufstand. Aber ich las es vor als mein Eingeständnis: Du hast recht. Ja, das ist meine Schuld. Vergib mir. Ich will von jetzt an zu dir gehören. – Das war jetzt keine Kopfangelegenheit mehr, sondern eine Herzenssache. Gott hat mir zwar eine unangenehme Lektion erteilt, aber doch auf eine Weise, in der mir klar wurde, dass er mich damit nicht abservieren, sondern gewinnen wollte als sein Kind. Seine Rechnung, die er mir aufmachte, war zugleich das Angebot seiner Vergebung.

Das wollte ich nun auch gern annehmen. Und – auch das ist so eine Sache – mir war ganz plötzlich auch völlig klar, dass ich von Gott angenommen bin. Ich hatte Gewissheit meiner Vergebung und meiner Annahme durch Gott. Mir war das augenblicklich klar, obwohl ich es niemandem logisch nachvollziehbar machen kann. Es war eben Gewissheit durch den Heiligen Geist, wie Paulus es im Römerbrief beschreibt: „Gottes Geist bezeugt unserem Geist, dass wir Gottes Kinder sind." (Römer 8,16) Ich hätte vor Freude schweben können, so erleichtert und befreit war ich. Allerdings wurde mir auch klar, dass ich da noch einiges in Ordnung zu bringen hatte von dem, was auf meiner Liste stand. Aber das sollte nun zum Start ins neue Leben dazugehören können.

Es wird an meiner Schilderung sicher deutlich, dass auch in diesem Kapitel meiner Lebensgeschichte Gottes Handeln viel zu offensichtlich ist, um es zu leugnen. Erstaunlich ist auch, dass dieser Abschnitt sich geradezu nahtlos an die vorherigen Entwicklungen anschließt, ohne dass ich dies hätte ahnen können.

Nicht unwichtig zu erwähnen ist ein Nebenzug in meinen Start ins Christsein. Durch meine Mutter hatte ich besonders in der Nachkriegszeit mitbekommen, was okkulte Praktiken für eine Ausstrahlung und Bedeutung gewinnen können. Vor allem Auskünfte einer Karten legenden Freundin und eines Wahrsagers spielten für sie damals eine nicht geringe Rolle. Es lässt sich zwar etliches davon rational verharmlosend erklären. Die Erfahrung aber, dass vieles auf unheimliche Weise zutraf, lässt sich nicht einfach löschen. Gerade hierin liegt eine Macht, die zur Bindung werden kann. Mir lag nun daran, dass nichts und niemand mich mehr hindern kann, Jesus nachzufolgen. Deshalb gehörte für mich auch eine klare Absage an alle derartigen Mächte und eine klare Unterstellung unter die Herrschaft Christi dazu. Das war mir später in manch heiklen Situationen eine große Hilfe. Ich wusste stets, wer nicht nur mein Herr war, sondern auch, wer Herr der Situation war. Nicht meine Stärke, sondern seine Macht war mein Schutz.

4
Berufung

Bei meinem Start in die Nachfolge Jesu – wie eben beschrieben – war ich 19 Jahre alt. Nach der damals üblichen Schullaufbahn („Volksschule" mit 9 Schuljahren), hatte ich eine Tischlerlehre absolviert, war inzwischen als Tischler in den Werkstätten der Deutschen Staatsoper beschäftigt und hatte nebenbei in der Abendschule meine Mittlere Reife nachgeholt.

Mein weiterer Weg war nun längst nicht so ohne weiteres geradlinig und vorhersehbar. Das begann schon mit einer Seltsamkeit der Baptistengemeinde, in der ich ja Jugendleiter war, ohne Gemeindeglied zu sein. Nach meiner Bekehrung wollte ich mich taufen lassen. Da gab es für mich keine Diskussion, ob meine Säuglingstaufe als Taufe anzusehen sei. Bei dem fehlenden Glaubens- und Kirchenhintergrund durch mein Elternhaus fehlte mir der Bezug zwischen der Säuglingstaufe und meinem Leben. Daran hatte auch meine Konfirmation nichts ändern können, die ich aus Familientradition über mich ergehen ließ. Das eine wie das andere war für mich inhaltslos. Das sollte sich nun ändern, weil meine Zugehörigkeit zu Jesus inzwischen klar war und in der Bibel die Taufe mit dem Glauben zusammengehört.

Leider ließen sich die Köpeniker Baptisten viel Zeit mit der nächsten Taufe, so dass darüber etliche Monate vergingen. Inzwischen besuchte ich in der Deutschlandhalle am Funkturm eine Veranstaltung während des Europäischen Baptistischen Kongresses. Den Vortrag hielt Gerhard Claas, damals Bundesjugendwart des Bundes Evangelisch-Freikirchlicher Gemeinden. Er berichtete von seiner Reise durch deutsche Siedlergemeinden in Brasilien. Dabei erwähnte er den dringenden Bedarf an Mitarbeitern aus Deutschland. Sie sollten diesen Gemeinden Mut machen, aus ihrer verkrusteten Deutschtümelei herauszufinden und den Anschluss zu gewinnen an die viel aufgeschlossener arbeitenden einheimischen brasilianischen Gemeinden.

Es ist schwer zu beschreiben, was das in mir auslöste. Ich hatte den Eindruck, Jesus stünde neben mir und machte mir klar, dass ich diese Aufgabe übernehmen sollte. Es kam regelrecht zu einem Streitgespräch zwischen Jesus und mir, denn das alles hätte sehr weitreichende Konsequenzen gehabt. Andererseits konnte ich mich dieser Aufforderung nicht einfach entziehen. Was sollte ich tun? Ich lief auf dem Platz vor dem Funkturm hin und her und war völlig konfus. Ich hatte schon manches Verrückte gemacht, aber das ging über mein Risikokonto weit hinaus, zumal alles völlig unrealistisch und eher absurd erschien. Genau genommen sehe ich das heute im Rückblick immer noch nicht anders. Aber ich kenne den Ausgang der Geschichte und staune wieder einmal über Gottes Wege mit mir.

Ich willigte schließlich in diese Wegführung ein, teilte in einem Brief an Gerhard Claas meinen Entschluss mit und kündigte meine Arbeit bei der Staatsoper. Meiner Mutter klar zu machen, was ich vorhatte, war schwierig und für sie verständlicherweise nicht nachvollziehbar. Wenige Tage später war ich in Westberlin. Diesmal nicht als der übliche Grenzgänger, sondern als einer, der „aus dem Osten abgehauen" ist. Das war im September 1960.

Über die Stationen Flüchtlingslager in Westberlin, ausgeflogen nach Hannover und nach Friedland gebracht, landete ich schließlich dort, wo ich zunächst hin wollte, in Hamburg im dortigen Jugendseminar unseres Gemeindebundes. Dort war auch Gerhard Claas leitend und unterrichtend tätig und für mich der gegebene Ansprechpartner. Er war sozusagen „schuld", dass ich einfach – mir nichts, dir nichts – vor ihm stand. Ob er mit so einem seltsamen Vogel auf seinen Aufruf hin gerechnet hatte, verriet er mir nie. Es ergab sich aber – oder war es wieder Führung Gottes? – dass gerade ein Kurs begann für „Zeit für Gott"-Mitarbeiter. Junge Leute wollten ein Jahr ihres Lebens zur Verfügung stellen, um sich in einer gemeindlichen oder diakonischen Arbeit nützlich zu machen. Das konnte für sie eine Erfahrung werden, die auch ihren weiteren Weg zu klären vermochte. Dieser Vierteljahreskurs sollte als Vorbereitung dienen. Für mich war es eine Art Schnellausbildung für Brasilien. Zu Weihnachten wähnte ich mich schon auf einem Bananenfrachter gen Südamerika.

Inzwischen ergab sich die Möglichkeit, mich endlich taufen zu lassen. Das geschah im Oktober in der Gemeinde Hamburg-Hamm durch Pastor Walter Berger.

Die Zeit im Jugendseminar war inhaltlich und in den Begegnungen eine echte Horizonterweiterung für mich. Gegen Ende des Kurses wurden den Teilnehmern Vorschläge unterbreitet für ihren nachfolgenden Einsatz. Etwas überraschend für mich schlugen die Lehrkräfte vor, ich sollte doch, um den Brasilianern besser helfen zu können, erst einmal einen ganz praktischen Gemeindeeinsatz übernehmen. Es sollte eine Gemeindegründungsarbeit in der Sennestadt bei Bielefeld sein. Darüber hinaus meinte eine der Lehrkräfte, Dorle Nowak, ich sollte einmal über ein Theologiestudium nachdenken, dann könnte ich den Brasilianern doch viel besser helfen.

Das mit der Gemeindegründung ließ ich mir noch gefallen, aber auch noch ein Studium anhängen, das ging mir entschieden zu weit. Erstens wollte ich nach Brasilien, dort warteten die Gemeinden dringend auf Hilfe, und zweitens interessierte mich nicht die Bohne, was irgendein Theologieprofessor zu irgendeinem Thema zu sagen hätte. Schließlich habe ich ja meine Bibel, und das genügt mir. Punkt! Ich war von ganzem Herzen wütend über diesen Vorschlag. Dazu passt folgende Szene: Aus irgendeinem Grund fuhr ich mit der Straßenbahn durch Hamburg. Das Wetter entsprach ganz dem Hamburger Ruf. Durch das von außen nasse und von innen beschlagene Fenster zu meiner Linken sah ich den Gänsemarkt schemenhaft an mir vorüberziehen. In Gedanken stritt ich heftig mit Dorle Nowak, die mir das angetan hatte. Das war gegen meinen Auftrag. Wie lange sollten die Brasilianer noch auf mich warten müssen? Ein Theologiestudium ist jahrelange Zeitverschwendung! Meine Hamburger „Weichensteller" wussten sicher nicht, welchen Spuren Gottes sie in meinem Leben einen Weg bahnten – und ich wusste es noch viel weniger.

5
Sennestadt

Sennestadt, das ist schon ein eigenes Kapitel für mich, aber eines, das doch nur Durchgangsstation sein sollte auf dem Weg nach Brasilien – dachte ich.

Zunächst wurde ich einquartiert bei einem jungen Ehepaar, das für damalige Verhältnisse den ungeheuren Vorzug besaß, noch ohne Kinder schon über ein eigenes Reihenhaus zu verfügen. Sie hatten also Wohnraumreserven. Deshalb hieß es in Sachen Unterbringung eines Gemeindehelfers: Der kommt zu euch! So landete ich erst einmal bei Friedrich und Ingeborg Meschut. Ich erwähne beide auch deshalb so gern, weil uns seit dieser Zeit eine sehr herzliche Freundschaft verbindet.

Meine Aufgabe in der Sennestadt war, die Anfänge einer von Bielefeld ausgehenden Gemeindegründung voranzutreiben. Für einen recht unerfahrenen, wenn auch hoch motivierten jungen Mann ist das eigentlich eine Nummer zu groß. Die Sennestadt war eine auf dem Reißbrett entworfene neue Stadt am Südrand des Teutoburger Waldes in der Nachbarschaft zu Bielefeld. Etliche Gemeindeglieder zogen dort hin. Verband sich damit ein Auftrag zur Gemeindegründung oder nicht? Darüber gab es bei den Betroffenen unterschiedliche Meinungen. So hatte ich eigentlich eine doppelte Aufgabe: die Unentschlossenen zu motivieren und die missionarischen Möglichkeiten in der Sennestadt auszuloten und voranzutreiben. Dabei schien es mir, wenn letzteres gelänge, dann würden auch die Zögernden nachziehen.

Ich war genau genommen mittendrin in einer Arbeit wie in „Brasilien". Erst später ist mir klar geworden, dass Gott hier eine meiner Begabungen zur Entwicklung brachte, nämlich den Aufbau und die Entwicklung von Gemeinden zu betreiben. Mein weiterer Weg war stets von Aufgaben in dieser Richtung gekennzeichnet.

Typisch für die Zeit in der Sennestadt war für mich, dass ich vor sehr vielen Herausforderungen stand, zu denen mir komplett die Erfahrungen fehlten. Es war wie ein Sprung ins kalte Wasser. Da ich aber nicht wasserscheu bin, ließ ich mich auch ziemlich unbekümmert auf vieles ein: Betreuung auffälliger Jugendlicher (einschließlich Gefängnisbesuchen), Gründung einer Jungschar- und Jugendarbeit (im damaligen Spritzenhaus der Feuerwehr), Organisation einer ziemlich ungewöhnlichen Zeltmission („Urlaub für Jesus"), Bibelstunden gestalten, Predigten halten, Hausbesuche durchführen und so manches mehr. Nicht unwichtig war dabei, dass ich auch die Erfahrung machte, kein Einzelkämpfer zu sein. Es gab viele Mitstreiter, die mitzogen und mir bewusst oder unbewusst vermittelten, wie wichtig Teamarbeit ist.

Auch das gehörte zu meinen Prägungen für die Zukunft.

Nun lässt sich an dem eben Geschilderten unschwer ablesen, dass ich doch ins Grübeln kam, ob
ich – so wild gewachsen ohne gründlichere Ausbil-
dung – künftig wirklich hilfreich sein könnte für die
sicher schwierigeren Aufgaben in Brasilien. Es sei
nun jedem das Schmunzeln gegönnt: Natürlich fand
ich auf einmal die Idee von Dorle Nowak, Theologie
zu studieren, gar nicht mehr so abwegig, zumal mich
meine Sennestädter auch darin bestärkten.

Dieser kurze Lebensabschnitt von nur neun Mo-
naten in der Sennestadt hat sich als außerordentlich
prägend für mich erwiesen. Da müsste ich schon
recht blind sein, wollte ich die Spuren Gottes aus dieser Zeit übersehen.

6
Theologiestudium

Dumm nur, dass die Aufnahmen für das Winter-
semester im Theologischen Seminar in Hamburg
schon längst abgeschlossen waren. Wollte Gott mich
nun dort haben oder nicht? Es gibt immer wieder
Situationen, in denen lassen sich derartige Fragen
nicht beantworten, als hätten wir Gott in die Karten
geguckt. Andererseits kann ein zögerliches und untä-
tiges Warten auf die „Stimme aus dem Himmel"
auch keine Lösung sein. So hilft es, wenn auch nicht
immer, einfach einen denkbaren Weg einzuschlagen,
in diesem Fall also nach dem Motto: Wenn mich Gott

in Hamburg haben will, wird das eigentlich Unmögliche geschehen und sich das Aufnahmeproblem lösen. Was dann auch tatsächlich geschah und damit wieder einmal zur Spur Gottes wurde.

Zusammen mit zwei weiteren Studienanfängern aus Bielefeld und Gütersloh ging es zum Oktober nach Hamburg. Wohl niemand von uns wusste so recht, was ein solches Studium in uns und mit uns an Veränderungen verursacht. Wir waren aber gespannt, wie sich dies als ein Weg Gottes mit uns gestalten würde. Im Hinterkopf hatte ich natürlich ganz klar Brasilien als Ziel vor mir.

In der Tat bedeutete die Studienzeit ein völlig neues Umschichten vieler Ansichten und Einsichten. Es ging ja nicht nur um Grundlagenkenntnisse in alten Sprachen, bibelkundliche Zusammenhänge, geschichtliche Hintergründe und darauf aufbauende Entwicklungen. Da wurde eben auch sicher Geglaubtes hinterfragt. Begründungen mussten sich überprüfen lassen, Traditionen verloren ihre kecke Selbstverständlichkeit. Kindlicher Glaube kann da in eine Krise geraten, wenn er sich nicht zu wandeln vermag in eine nicht minder gewisse Zuversicht, als Nachfolger Jesu auch gute, nachvollziehbare Gründe für den Glauben zu haben. Dazu ist natürlich ein vertieftes Verständnis für biblische Text unerlässlich.

Nicht so ganz nebenbei engagierte ich mich in der Jugendarbeit zweier Hamburger Gemeinden. Die eine Jugendgruppe – in Wellingsbüttel und von dort aus später in Bramfeld – entwickelte sich zu einer Neulandarbeit, für die ich mich stark machte. Das war im Rückblick wieder typisch für meinen gesamten Werdegang, wie zuvor schon mein Einsatz in der Sennestadt.

Da ich finanziell außerordentlich schlecht ausgestattet war, verdiente ich mir das Nötige als Taxifahrer in Hamburg. Das bot mir einen Erfahrungshorizont, wie er für einen braven Pastorenstudenten recht ungewöhnlich war und deshalb auch mit frommem Misstrauen beargwöhnt wurde. Allerdings hatte diese nebenberufliche Tätigkeit wieder eine Auswirkung auf meine Einstellung zum künftigen Pastorenberuf. Muss ein Pastor immer hauptamtlich seinen Dienst tun? Kann er seine Gaben nicht auch neben einer anderen Tätigkeit einbringen? Besonders kleine Gemeinden oder Neulandarbeiten könnten dies als hilfreich erfahren, wenn sie dadurch einerseits finanziell freier sind und andererseits nicht erdrückt und entmündigt werden vom alles beherrschenden Profi.

Gegen Ende des Studiums lief meine Planung genau in diese Richtung. Ich wollte in Absprache mit den dort engagierten Gemeindegliedern Pastor der Neulandgemeinde Bramfeld sein und meinen Unterhalt weiterhin als Taxifahrer verdienen. Dass da auch noch meine künftige Frau eine wichtige Rolle spielte, will ich hier nur andeuten, um später darauf zurückzukommen. Weshalb es dann mit Bramfeld doch nichts wurde, werde ich ebenfalls noch erhellen.

Was ist denn nun aus der Zielrichtung Brasilien geworden? Die ist nicht einfach verloren gegangen.

Während der Studienzeit nahm ich brieflich Kontakt auf mit verschiedenen leitenden Mitarbeitern der Vereinigung der Deutschbrasilianer. Später kam es auch im Rahmen eines Besuches von dort zu einem ausführlichen Gespräch über meine Einsatzmöglichkeiten. Eine Bibelschule in Ijui sollte gebaut werden und zu einer zentralen Ausbildungsstätte für Mitarbeiter der Gemeinden werden. Da sollte mein Platz sein. Allerdings waren das alles nur Pläne. Nichts geschah zu ihrer Realisierung. Auch die Kontakte verliefen äußerst schleppend und – was für mich entscheidend wurde – der Frömmigkeitsstil und die Traditionsbezogenheit der Deutschbrasilianer war so weit von meinen Vorstellungen entfernt, dass ich dazu eine große innere Distanz gewamm. Meine Mitarbeit hätte zu heftigen Auseinandersetzungen geführt. Das konnte es doch nicht sein! So verschwand Brasilien für mich langsam mehr und mehr nicht nur hinter dem Atlantik, sondern auch hinter meinen Planungshorizont.

Nachdenkliche können natürlich fragen: Na, was ist denn nun mit deinem tollen Berufungserlebnis damals in Berlin? Dafür habe ich eine einfache Erklärung: Hätte Gott mich nicht mit dieser Aufforderung in Bewegung gebracht, wäre ich nicht da gelandet, wo er mich letztendlich haben wollte. So wie einer von Braunschweig in den Zug nach Köln steigen muss, wenn er eigentlich nach Hamburg will. Da ist dann in Hannover Umsteigen angesagt. Der Zug nach Köln war also richtig. Aber wehe dem, der auf diese Richtigkeit sein ganzes Beharrungsvermögen setzt. So erscheint es mir auch im Glauben als wichtig, stets offen zu bleiben für Gottes Führung, sonst steigt man nicht rechtzeitig um. So jedenfalls schätze ich das Ganze ein.

Später ist die oben schon erwähnte Dorle Nowak praktisch an meiner Stelle nach Brasilien gegangen. Die Arme hat unglaublich erbärmliche Arbeitsverhältnisse vorgefunden, die in nichts dem entsprachen, was zuvor mir und später auch ihr versprochen worden war. Sie hat sehr darunter gelitten. Ich stelle mir vor, ich wäre dort hin gereist… Damit dürfte das Kapitel Brasilien getrost abgeschlossen sein. Aber es bleibt dabei, es gehört zu meinem Weg, der sonst nicht so verlaufen wäre. Deshalb ist es ein Weg Gottes mit mir.

7
Traute, meine Frau fürs Leben

Nun komme ich zu einem ganz speziellen Thema. Es heißt „Traute". Wir lernten uns durch die Jugendarbeit in Hamburg während meines Studiums kennen. Zunächst engagierten wir uns in unterschiedlichen Gruppen. Aber eine Anfrage der Wellingsbütteler Jugend, zu der Traute gehörte, ob ich nicht Lust hätte mit einem Jugendchor nach Schweden zu fahren, fand ich ganz reizvoll. So ergab sich ein gemeinsames Planen und Liederüben, ohne dass es zwischen uns gefunkt hätte.

Die Freizeit mit 18 Teilnehmern in zwei klapprigen VW-Bussen verlief als ausgesprochen bunte und

manchmal recht abenteuerliche Tour durch viele Gemeinden in Småland und Stockholm. Gegen Ende
der Reise zelteten wir auf Gunnarsö, einer Insel vor
Oskarshamn an der schwedischen Ostküste. Neben
unseren vielen Albernheiten, die wir einander zumu-
teten, gab es natürlich das üblichen Necken zwischen
Jungen und Mädchen. Das führte zu einer recht fröhlichen „Prügelei" zwischen Traute und mir, bei der
sich Traute ein blutiges Knie einhandelte. Sie tat mir
natürlich leid. Um sie zu verarzten, ging ich mit ihr
zum Auto, versorgte das Knie und schenkte ihr zum
Trost etwas zum Naschen. Irgendwie spürte ich aber,
dass nicht nur mit ihrem Knie etwas passiert war,
sondern auch mit mir. Es hatte bei mir „klick" gemacht – und wie sich unschwer verbergen ließ, bei
Traute auch.

Zum näheren Kennenlernen hatten wir noch viel
Zeit, galt doch damals die strenge, heute nicht mehr
ernsthaft nachvollziehbare Regelung im Seminar, dass
erst nach dem Studium geheiratet werden durfte. Das
geschah unter Androhung des Verweises aus dem
Studium. Verloben war aber nicht verboten. So gab
es im März 1963 eine schlicht ausgestattete, aber aus-
gelassene Verlobungsfeier mit dem ganzen Tross Jugendlicher, zu denen wir gehörten.

Logischerweise heirateten wir zum frühest möglichen Termin nach meinem Studienabschluss im Som-
mer 1965. In Märchen kommt nun stets der berühmte
Satz „Und wenn sie nicht gestorben sind …" Für uns
ging das „Märchen" mit den Spuren Gottes erst rich-

tig los. Und um es vorweg zu sagen: Es sind immer Spuren Gottes in unser beider Leben. Was ich künftig zu berichten habe, hat stets mit Traute zu tun. Sie ist im wahrsten Sinn Partnerin, also Part = Teil in meinem Leben geworden wie umgekehrt ich in ihrem. Was wir erlebt, erlitten und geschafft haben, wie wir geführt und bewahrt wurden, war immer unsere gemeinsame Sache und gemeinsames Erleben. Wir haben uns ganz und gar auf Gott und aufeinander eingelassen.

Traute hatte ein Lehramtsstudium an der Hamburger Universität absolviert und stand nun in ihrem ersten Schuldienst. Das spielte eine Rolle bei der Überlegung, ob wir nicht quasi ehrenamtlich als Pastorenehepaar in der Neulandgemeinde Bramfeld die Aufbauarbeit leisten sollten wie schon oben angesprochen. Wir hätten unser Auskommen gehabt, im gleichen Stadtteil gewohnt und die entstehende Gemeinde würde vor einer finanziell unbeschwerten Entwicklung stehen. Es lässt sich leicht ein Zusammenhang zwischen diesen Überlegungen und dem späteren Dienst über zwei Jahrzehnte in Schöningen erkennen, als ich selbst Lehrer und zugleich unbezahlter Pastor der Gemeinde war.

8
Wuppertal und Braunschweig-Heidberg

Es kam zunächst anders. Der Gemeindebund war für die Vermittlung der Studienabgänger zuständig. Anscheinend bestand im Bund die Meinung, mir fehle so etwas wie der baptistische „Stallgeruch" und ich müsste erst einmal in einer typisch baptistischen Traditionsgemeinde Dienst tun. Mein Einwand, dass ich schon eine Gemeindearbeit verabredet hätte und als ehrenamtlicher Pastor dort tätig sein wolle, hat wohl erst recht alle Alarmglocken bei einigen schrillen lassen. So wurde ich nach dem Studium 1965 gedrängt, Kontakt zur Gemeinde Wuppertal-Elberfeld aufzunehmen, sie würde einen zweiten Pastor für den Schwerpunkt Jugendarbeit suchen.

Die weitere Entwicklung kann man sehr unterschiedlich beurteilen – schon deshalb, weil sehr gegensätzliche Ergebnisse folgten. Die Wuppertaler Gemeinde zeigte sich mir gegenüber sehr aufgeschlossen. Auch war sie gar nicht dagegen, dass Traute weiterhin im Schuldienst sein sollte. Für uns war das schon deshalb nötig, weil meiner Frau noch das zweite Staatsexamen fehlte. Man muss dazu vor Augen haben, dass es damals als sehr unschicklich galt, wenn eine Pastorenfrau berufstätig war. Die Arbeitsteilung mit meinem Kollegen in dieser recht großen Gemeinde mit zwei Stationen und einem Jugendheim schien sinnvoll, zumal mein Part sehr viel Entwicklungspotenzial enthielt. Ich sagte zu.

Oben sprach ich von gegensätzlichen Ergebnissen. Dazu gehörte, dass die hoffnungsvolle Neulandarbeit in Bramfeld nun keinen Initiator mehr hatte. Die Hamburger Nachbargemeinden hatten ihre Aufgabe und Chance nicht erkannt, dort Gemeinde zu entwickeln, zumal sich anschließend herausstellte, dass in unmittelbarer Nähe ein ganzes Stadtviertel neu gebaut und besiedelt wurde. So schlief das Ganze wieder ein.

Umgekehrt war unsere Wuppertaler Zeit mit Herausforderungen gespickt, die zu einer Fülle neuer – wenn auch nicht immer positiver – Erfahrungen führte. Zu meinen Aufgaben gehörte das Renovieren und Wiedereröffnen des heruntergekommenen Jugendheimes und das Entwickeln einer neuen Konzeption für die Jugendarbeit, die Betreuung der beiden Stationen und allerlei Dienste in der Hauptgemeinde. Mettmann, eine der beiden Stationen, schien mir so entwicklungsfähig, dass ich Freude daran hatte, sie sich zur eigenständigen Gemeinde mausern zu lassen. Da war ich wieder bei einer meiner Stärken: Gemeindeentwicklung.

Eine zweite Stärke war gefragt, als nach kurzer Zeit mein Kollege mitteilte, die Gemeinde sei ja versorgt, so könne er getrost in eine kleinere Gemeinde wechseln. Jetzt galt es für mich, die Gesamtarbeit zu organisieren und mit Fleiß auch zu bewältigen. Für einen Berufsanfänger war das schon recht heftig, zumal manche Rahmenbedingungen, besonders die Wohnverhältnisse, sehr zu wünschen übrig ließen. Als nach einiger Zeit wieder ein Kollege berufen wurde, der die Hauptlast übernehmen sollte, stellte sich heraus, dass er psychisch nicht besonders belastbar war. Das brachte mich in die missliche Lage, vieles für ihn mitmachen zu müssen, ohne dass die Gemeinde das erfahren sollte. Erschwerend hinzu kamen Machtkämpfchen zwischen unterschiedlichen

Gemeindeströmungen und eben doch ein knorriger Traditionalismus. Das trübt aber nicht den Blick für die positiven Seiten dieser Zeit, besonders in der Jugendarbeit, in der Entwicklung von Mettmann, sowie in der missionarischen und Öffentlichkeits-Arbeit. Traute konnte ihr zweites Staatsexamen absolvieren und – für uns privat noch viel bedeutsamer – wir waren schwanger!

Es kam zu einem Zerwürfnis in der Elberfelder Gemeinde zwischen leitenden und leitenwollenden Mitarbeitern. Das lenkte alle Energien so sehr auf innergemeindliche Probleme, dass eine weitere Entwicklung für die nächsten Jahre nicht zu erwarten war. Damit war für uns klar ein Signal gegeben, den Dienst dort nach nur drei Jahren 1968 zu beenden. Wie es weiter gehen würde, wussten wir nicht. Aber wir waren uns über den ersten Schritt, nämlich den des Dienst-Endes, völlig im Klaren. So kündigten wir unseren Weggang an, ohne zu wissen, wo es uns hin verschlagen würde. Wenn Gott uns den einen Schritt klar gemacht hatte, konnten wir ihm auch für die nächsten Schritte vertrauen.

Das wurde dann auch sehr schnell deutlich. Über jemanden, der meine Arbeit in Wuppertal kannte, wurde Kontakt nach Braunschweig geknüpft. Dort war eine neue Gemeinde im Entstehen, die einen Pastor suchte. Erste Gespräche ergaben schnell die nötige Übereinstimmung. Die damalige Muttergemeinde berief mich als zweiten Pastor mit der Aufgabe der Gemeindeentwicklung im Braunschweiger

Heidberg, einem großen Neubaugebiet im Süden der Stadt. Mit meinem Kollegen der Hauptgemeinde, Heinz Schwalfenberg, verstand ich mich sehr gut, was bei der etwas schwierigen Gesamtlage – gerade auch der Muttergemeinde – von Bedeutung war.

Es gab in Braunschweig einen doppelten Start. Einmal musste zunächst das neue Gemeindezentrum einweihungsfertig gemacht werden. Entsprechend turbulent ging es vor dem offiziellem Termin zu. Zum anderen stand Traute direkt vor den Entbindung. Es gab ein wildes Termin-Hin-und-Her verbunden mit meiner häufigen Abwesenheit von zu Hause und der Erschwernis, dass wir kein Telefon geschaltet bekamen und recht entfernt vom Gemeindezentrum wohnten. Zum Einweihungstermin war Traute im Krankenhaus und brachte unseren Sohn Jens zur Welt. Das war am 4. Oktober 1968. Der Anfang in Braunschweig geriet also schon recht verheißungsvoll, aber auch abenteuerlich.

Die Gemeindearbeit im Braunschweiger Heidberg sollte geplantermaßen neue Wege gehen. Das zeigte sich z. B. in der offenen Ausrichtung auf die Bürger der Nachbarschaft. Das gerade fertig gestellte Gemeindezentrum hatte schon Monate zuvor einen dazugehörigen Kindergarten in Betrieb genommen. Damit sollte ein entsprechender Bedarf gedeckt werden und über die Elternarbeit eine Brücke zur Gemeinde hin gebildet sein. Die Gemeindeentwicklung, so unsere Vorstellung in der Mitarbeiterschaft, sollte möglichst losgelöst von traditionellen Vorgaben geschehen. Hinzu kam der gesellschaftliche Umbruch der „wilden 68er Jahre".

Aus diesem Gemenge ergaben sich recht unkonventionelle Arbeitsbereiche und -methoden. Gottesdienste, Gästeabende, Elternforen, Konzerte usw. ließen im Gemeindezentrum ein offenes und einladendes Klima zur Geltung kommen. Außerhalb spielte sich vieles im Gesamt-Braunschweiger Raum ab mit dem Schwerpunkt missionarischer Jugendarbeit. Damit verbanden sich Veranstaltungen in der Uni und auf den Straßen. Es war damals eine hitzige, aufgeladene Stimmung mit vielen anregenden Effekten in politischer Hinsicht wie auch in der offenen Auseinandersetzung mit Fragen des Glaubens. Streiks an der Uni, Straßendemos, von sogenannten K-Gruppen gestörte Veranstaltungen, neue aggressive Musikstile, auffallende Zunahme der Drogenproblematik usw. waren nicht nur Begleitmusik der Gemeindearbeit, sondern die Gemeinde befand sich selbst mittendrin. Daraus ergab sich z. B. in der Konsequenz die erste christliche Drogeneinrichtung in Braunschweig, damals in der Kaffeetwete, die von Mitarbeitern der Gemeinde getragen wurde. Die „wilden 68er" waren auch für die Gemeinde und für mich recht wilde Jahre.

Eine Begebenheit sei daraus geschildert. Uns verfolgte stets eine der schon genannten K-Gruppen. Das waren junge Leute, die sich gern als Studenten ausgaben, ohne es in der Regel zu sein und sich kommunistischem Gedankengut – wie sie meinten – verpflichtet fühlten. Für sie waren wir die „militanten

Christen". Wo wir etwas veranstalteten, tauchten sie auch gern auf. Eine recht offensive Jugend-Zelt-evangelisation mitten in der Stadt wollten sie sprengen. Wir bekamen schon zuvor mit, dass wir während des Abends mit Tomatenbeschuss zu rechnen hätten. So platzierten wir rechtzeitig Mitarbeiter so im Zelt, dass sich keine größere Gruppe geschlossen hinsetzen konnte. Unsere Freunde mussten sich also im Zelt verteilen. Abgesprochen war auch, dass wir freundlich und ohne Aggression auf die Würfe reagieren sollten. Es kam wie erwartet und doch ganz anders, denn die ersten Würfe lösten einen Tumult unter den Besuchern aus, bei dem viele den Werfern an den Kragen wollten. Wir mussten unsere Widersacher öffentlich in Schutz nehmen. Damit hatten sie nicht gerechnet. Sie störten uns nie wieder. Es hat schon etwas Faszinierendes, für seine Gegner einzutreten, wie es Jesus in der Bergpredigt seinen Jüngern empfohlen hat.

Die Gemeinde entwickelte sich recht solide trotz der geplanten Traditionslosigkeit. Aber gerade letztere war dann doch nicht so recht durchzuhalten. Die Sehnsucht nach alter traditionsgeprägter Verlässlichkeit schimmerte immer häufiger bei Änderungswünschen durch. Hinzu kamen etwas recht eigenartige Verhaltensweisen des damaligen Gemeindeleiters, die mich fragen ließen, ob der Boden für gemeinsame Arbeit noch tragfähig genug sei. Mir schien es schwer nachvollziehbar, dass Gott hier eine Weichenstellung vorbereitete. Aber es war in der Tat der Fall, allerdings erkannte ich das erst rückblickend – wie so oft.

Eine der Nachbargemeinden – Schöningen – hatte ein Problem. Ihr Pastor war nach Süddeutschland gewechselt. Eine Neuberufung schien aussichtslos, weil das die Kassenlage nicht mehr hergab. Die bisher allein gestaltete Zeit der Vakanz machte etliche Lücken in der Gemeindearbeit schmerzlich deutlich. So kamen die Schöninger auf die Idee, mich in Absprache mit dem Heidberg für einen Teil der Pastorenaufgaben zu berufen. Daraus ergab sich, dass ich Pastor zweier Gemeinden gleichzeitig war. Bei aller Unterschiedlichkeit beider Gemeinden zeigten doch beide ein großes und dringend zu nutzendes Entwicklungspotential, wenn auch auf jeweils anderem Niveau. Damit lagen beide Gemeinden auf meiner „Gabenschiene".

9
Kinderwunsch und Lehramtsstudium

Nach vier Jahren Aufbauarbeit im Heidberg kam eine weitere Station der Weichenstellung Gottes. Die Situation im Zusammenspiel zwischen dem Heidberger Gemeindeleiter und mir entwickelte sich so unerfreulich, dass es mir zu einer schweren Last wurde. In der Konsequenz war es mir unsinnig, hier noch weitere Kraft zu investieren. So fiel in diese Zeit ein ganzes Bündel von Entscheidungen, die ineinander griffen.

Es war mein Eindruck, mich stärker auf die Gemeinde Schöningen konzentrieren zu sollen, dies künftig aber auf der Basis, die ich schon einmal in Hamburg im Blick hatte, nämlich eine Berufstätigkeit neben der Gemeindearbeit. Die Gemeinde wäre dann einerseits finanziell nicht belastet, andererseits könnte sie von meinen Gaben profitieren, und obendrein wäre es ein guter Impuls für die Mitarbeiter vor Ort, sich ebenfalls stärker einzubringen. Als berufliche Alternative bot sich ein Lehramtsstudium an, zumal ich schon im Heidberger Schulzentrum Erfahrungen mit dem Erteilen von Religionsunterricht gesammelt hatte. Außerdem kam begünstigend hinzu, dass Traute ohnehin schon im Schuldienst war und uns somit finanziell für die Studienzeit abpuffern konnte. Die Schöninger erklärten sich bereit, mich in der Studienzeit für einen Dritteldienst entsprechend zu bezahlen.

So beendete ich meinen Dienst in der Gemeinde Heidberg nach vier Jahren und begann ein Studium an der Braunschweiger Universität. Als Quereinsteiger ohne Abitur musste ich zwar zunächst meine Befähigung zum Studium in einer Sonderprüfung nachweisen. Aber diese Hürde war schnell genommen und das Ziel klar abgesteckt: möglichst schnell das Studium absolvieren und auf das Examen zusteuern, damit die finanzielle Durststrecke kurz blieb und die eigentliche Aufgabe in Schöningen mit dem geplanten Konzept starten konnte.

Einerseits klappte dies auch gut. Ich bekam etliche Praktika wegen meiner bisherigen Tätigkeiten anerkannt. Durch mein Theologiestudium in Hamburg war ich mit dem Hauptfach Religion natürlich gut gerüstet und konnte auch hier das Studium verkürzen.

Andererseits geschah etwas Unerwartetes. Nachdem Jens 1968 geboren wurde, wollten wir mit ihm natürlich kein Einzelkind haben. Also wünschten wir uns weiteren Nachwuchs, aber leider vergeblich. Wir gaben die Hoffnung auf. Für den prallen Zeitplan während der Studienjahre richteten wir uns ganz darauf ein, dass Jens entsprechende Betreuung hatte. Er ging zunächst in den Gemeindekindergarten, später in die benachbarte Grundschule, in der auch Traute tätig war. Wenn zusätzliche Betreuung benötigt wurde, ergab sie sich in der Nachbarschaft. Es war – so schien uns – alles geregelt.

Mitten in diese durchgeplante Situation hinein meldete sich unsere Tochter Anne an. Sollten wir lachen oder weinen? Wir hatten uns doch noch ein Kind gewünscht. Aber ausgerechnet jetzt? Jedenfalls hatte ich damit eher ein Problem als Traute. Was allerdings als unpassender Zeitpunkt erschien, entpuppte sich als erstklassiges Timing Gottes für uns. Um es kurz zu sagen: Anne kam eigentlich zum frühestmöglichen und einzig richtigen Zeitpunkt in unsere Biografie hinein. Vorher wäre die ganze oben geschilderte Planung so nicht möglich gewesen. Später wäre der Altersabstand zu Jens noch größer geworden. So wurde sie am 16. Dezember 1974 geboren, und es gab bis auf winzige Kleinigkeiten keinerlei Probleme mit der Betreuung beider Kinder. Entweder hatte Traute

40

Ferien oder ich war in den Semesterferien bzw. in der vorlesungsfreien Zeit des Examens.

Weil alles so gut zusammenspielte, konnte ich das Studium – man darf es gar nicht laut sagen – nach zwei Jahren und zwei Wochen recht erfolgreich beenden. Fazit: Im Himmel wird eben besser geplant, als ich das selbst gekonnt hätte. Ich war nun nach meinem Examen offiziell „Lehrer an Grund- und Hauptschulen" mit den Fächern Religion, Erdkunde und Deutsch.

Das heißt nicht, dass mich die bisherigen Erfahrungen besonders weise gemacht hätten. Ganz im Gegenteil. Das nächste Problem schien mir das absurdeste zu sein. Zur Erinnerung: Mein Lehramtsstudium verstand ich als Voraussetzung, um in Schöningen als Pastor und als Lehrer tätig zu sein. Es passierte aber etwas, das dies plötzlich in die Ferne zu rücken schien und meine Eile sinnlos machte. Mein Lehrerexamen war fast abgeschlossen, als ich entsetzt feststellen musste, dass ich im Prüfungstrubel den Bewerbungstermin für eine Lehrerstelle verpasst hatte. Damals konnte man sich von der Uni weg gezielt z. B. nach Schöningen bewerben. Allen Einsatz hatte ich darauf verwandt, schnell das verwirklichen zu können, wozu ich mich von Gott geführt sah. Nun sollte dieser Einsatz an einer unglaublich lächerlichen Kleinigkeit scheitern, zumindest aber ein halbes oder ganzes Jahr hinausgezögert werden.

Ich entsinne mich noch sehr gut der Wut in mir über diese Pleite. Ich konnte Gott nicht verstehen,

dass er alles – meinen Wunsch, ihm in einem beson-
deren Einsatz zu dienen, das Studium, das ich deshalb auf mich nahm, die Familie, die ja alles mitgetragen hatte – dass er also alles wegen dieses lächerlichen Termins wie eine Seifenblase platzen ließ.

Ich suchte den Professor auf, der an der Uni Kon-
taktmann zum Kultusministerium war. Er bekam die
Bewerbungen der Studenten normalerweise in sein
Postfach, um sie ungeöffnet weiterzuleiten. Weil ich
ihn nun aber wegen der Verspätung persönlich auf-
suchte und meine Unterlagen nicht einfach ins Fach
legte, prüfte er sie gleich auf Vollständigkeit und sah
sich das Bewerbungsschreiben an. Dabei stutzte er
und meinte, ich müsse die Bewerbung unbedingt
ändern. So könne ich sie auf keinen Fall lassen. Ich
hatte darin als Begründung für den Ortswunsch Schöningen geschrieben, dass ich in einem Dienstverhältnis zur dortigen Evangelisch-Freikirchlichen Gemeinde stünde. Der Professor: „Wenn Sie das in der Bewerbung drin lassen, haben Sie keine Chance, eingestellt zu werden. Ein künftiger Beamter des Landes
darf nebenher kein anderes Dienstverhältnis haben."
Natürlich hatte ich meine Aufgabe in der Gemeinde
nicht als arbeitsrechtliches Verhältnis verstanden, sondern als verbindlichen Dienst, auch ohne Bezahlung.
Aber das ging aus der Bewerbung nicht hervor. Jetzt
aber konnte ich den Text schnell noch ändern und
über diesen Professor nachreichen.

Damit dürfte klar sein: Gott wollte, dass ich den
Termin verpasse, damit ich zum Ziele kam! Was ich
als ein schlimmes und völlig überflüssiges Problem

angesehen hatte, war Gottes Lösung für mich. Wieder hatte Gott bei mir eine deutliche Spur hinterlassen. Im Nachhinein wurde auch noch etwas anderes deutlich: Hätte ich das Studium nicht so schnell absolviert und den Einstellungstermin tatsächlich nicht wahrnehmen können, wäre ich Opfer eines kurz darauf erfolgten Einstellungs-Stopps geworden. Studienkollegen, die etwas später fertig wurden, erlebten eine mehrjährige Arbeitslosigkeit.

Teil II – Die zweite Lebenshälfte

Wenn ich vom Start in die nun beginnende Zeit absehe (siehe vorige Seiten), enthält die folgende Epoche weniger wechselvolle Ereignisse, aber dennoch entscheidende Entwicklungen. Diese Entwicklungen im Bereich Familie, Schule und Gemeinde versuche ich in Zusammenhängen und damit auch über längere Zeiträume nachvollziehbar zu machen. Daraus ergibt sich, dass ich stärker auch kommentierende Einschätzungen einfließen lasse. Gottes Spuren haben – um im Bild zu sprechen – nicht mehr diese scharfkantige Deutlichkeit. Sie sind weicher in meine Lebenslandschaft eingebettet, also nicht weniger vorhanden, eben nur anders. Sie mit den Rippelmarken auf dem Titelbild zu vergleichen, trifft den Tatbestand auch nicht recht, denn insgesamt gesehen sind die eingetretenen Veränderungen dann doch zu markant und gewichtig. Sie wollen vielleicht nur aus einem anderen Blickwinkel entdeckt werden, um über sie staunen zu können.

10
Der Beginn in Schöningen

Am 3. August 1975 war der Einstellungstermin. Meine Schule war wunschgemäß die Eichendorffschule in Schöningen, eine Schule mit Orientierungsstufe (damals eine Art Gesamtschule für alle Schüler der 5. und 6. Klassen) und angeschlossener zehnklassiger

Hauptschule mit der Möglichkeit zum Realschulabschluss. Traute wechselte aus ihrer Braunschweiger Schule in die Grundschule Schöningen.

Zuvor war selbstverständlich ein Umzug nach Schöningen angesagt. Bis dahin wohnten wir noch in der bisherigen Braunschweiger Wohnung. An unserem zehnjährigen Hochzeitstag übergaben wir die Schlüssel unserer ausgeräumten Wohnung und wir Vier fuhren dem Spediteur nach, der all unsere Habe über die Landstraße schaukelte. Da wir schneller waren als er, konnten wir ihn in unserer neuen Bleibe, einer Altbauwohnung an der Schützenbahn, in Empfang nehmen.

Damit begann nun für jeden von uns aus der Familie ein neuer Abschnitt. Traute und ich hatten uns auf unsere Schulen mit all ihren Aufgaben einzustellen, Jens kam hier in die zweite Klasse und für Anne spielte eine neue Bezugsperson für die Vormittagsbetreuung eine wichtige Rolle.

Auch für die Gemeinde war dieser Umzug der Anfang eines neuen Abschnittes, denn jetzt begann mein Dienst als ehrenamtlicher Pastor, also ohne jede Bezahlung, aber in hochgradiger Verbindlichkeit und mit relativ klar umrissenem Arbeitsumfang. Das war typisch für unsere Zusammenarbeit auch in den kommenden Jahrzehnten. In der Gemeindeleitung entschieden wir dabei stets nach mehreren Jahren, ob und wie wir weiterhin zusammenarbeiten wollten. Damit gewährten wir uns gegenseitig die Freiheit und Offenheit für neuere Entwicklungen. Leider hatte unser Gemeindebund das ganze Unternehmen ziemlich missverstanden. Er begriff nicht, dass jetzt eine ansonsten pastorenlose Gemeinde in bisher recht schwieriger Lage einen engagierten Pastor bekommt, sondern geglaubt, er verlöre einen Pastor an den Schuldienst. So wurde ich aus der Pastorenliste des Bundes gestrichen, was mich nie hinderte, weiterhin an den Pastorenkonvents teilzunehmen und mich als Pastor unseres Bundes zu verstehen. Erst zwölf Jahre später wurde ich – wohl nach langsam gewachsener Einsicht – wieder offiziell in die Liste aufgenommen.

11
Eine nicht ganz „normale" Familienkonstellation

Die familiäre Situation, wie ich sie bisher schilderte, wirkt recht übersichtlich. Der Schein trügt heftig. Wir Vier waren schließlich nicht ohne Verwandtschaft. Wenn auch von meiner Seite die Kontakte und Reisemöglichkeiten durch die innerdeutsche Grenze sehr eingeschränkt waren, so gab es auf Trautes Seite nicht nur Möglichkeiten, sondern auch Aufgaben. Kurz geschildert: Trautes Mutter, Trautes Schwester Ingrid und deren Tochter Silke lebten in Hamburg. Ingrid war seit längerem an MS erkrankt und dadurch behindert. Durch die Krankheit war auch ihre Ehe zerbrochen. Alle drei wohnten zusammen und wir hatten zu ihnen eine herzliche Beziehung. So besuchten wir sie oft oder organisierten gemeinsame Urlaube. Das Problem war nun, dass durch Ingrids Behinderung Trautes Mutter sehr gefordert war. Ihr eigener Gesundheitszustand machte uns Sorgen. So wuchs die Idee, unsere Hamburger nach Schöningen zu holen. In unserem Haus an der Schützenbahn wurde die Wohnung über uns frei. Nun ergab sich daraus eine Art „Familienzusammenführung" und ein entspannterer Umgang mit unserer gegenseitigen Fürsorge.

Allerdings war es manchmal für Traute ein Problem, schnell einmal in zwei Haushalten das Ruder zu halten. Ein gemeinsames Wirtschaften schien sinnvoller und effizienter. Das brachte uns auf die Idee, an einen Hausbau zu denken, der diesen Ansprüchen gerecht würde. Zur Realisierung war natürlich ein Grundstück und das nötige Kleingeld erforderlich. Einen passenden Baugrund bot die Stadt in einem neu erschlossenen Viertel am Rande Schöningens günstig an. Nur mit dem Geld hatte es noch seine Tücken. Alles Planen, Rechnen und Verhandeln mit verschiedenen Banken führte nach einigem Hin und Her schließlich am Ende zu einem brauchbaren Ergebnis. So entstand unser behindertengerechtes Mehrgenerationen-Haus auf dem Schöninger Bohrfeld. Was wir als ursprünglich arme Schlucker nie für möglich gehalten hätten, ist wahr geworden. Das Haus – obwohl es doch nur eine Immobilie ist – wurde uns als Familie und vielen Besuchern und Schlafgästen zum Segen; es ist uns ein Geschenk Gottes. Wir konnten nun als Großfamilie miteinander leben.

Von dieser Situation profitierten wir alle. Waren Traute und ich in der Schule, während die Kinder schon wieder nach Hause kamen, so fanden sie stets Ansprechpartner vor. Ingrid als gelernte Kindergärtnerin beschäftigte sich viel mit Silke, Jens und Anne und hatte Zeit zum Erzählen und Vorlesen. Die Oma half im Rahmen ihrer Kräfte im Haushalt. Umgekehrt waren Ingrid und unsere Oma nie allein oder ohne Hilfe, wenn es um Einkäufe, Arztbesuche oder um Alltagsprobleme ging, die nun einmal bei Älteren oder Behinderten dazugehören. Auch Silke fühlte sich sichtlich wohl in einem größeren Familienverband, zumal trotz des Altersunterschiedes der Kinder einfach „mehr Leben in der Bude" herrschte.

12
Die Schule – einer meiner Aufgabenbereiche

Die Arbeit in der Schule war damals geprägt von Schulreformen (wie so oft), die kaum Raum zur Routine eröffneten. Mein Fächerkanon Religion, Deutsch und Geografie weitete sich je nach Bedürfnissen der Schule auf viele andere Bereiche aus wie Geschichte, Physik, Biologie, Werken, Technik und Informatik. Vertretungsweise war ich auch vor allem anderen nie sicher. Anfangs hatte ich noch das zweite Staatsexamen zu absolvieren. Das fiel in das bemerkenswerte Jahr 1977 mit gleichzeitigem Hausbau und einer arbeitsreichen Zeltevangelisation im August neben den „normalen" Aufgaben als Lehrer und Pastor. Mir ist heute noch schleierhaft, wie das alles durchzustehen war. Aber auf derartige Besonderheiten komme ich später noch zu sprechen.

Glücklicherweise war mein damaliger und lang-jähriger Schulleiter meinem seltsamen Treiben gegen-über sehr aufgeschlossen. So ließ sich in Absprache manche Beerdigung in den späten Vormittag legen, auch wenn ich selbstverständlich ausfallende Stunden einzuarbeiten hatte. Mir war es wichtig, nicht auf Kosten der Kollegen durch meine Gemeindearbeit eine Sonderrolle zu beanspruchen. Das hätte das gute Betriebsklima gestört. So wurde auch diese Konstellation in der Schule für mich wieder so eine Sache, von der ich behaupte: Hier hatte Gott seine Hand im Spiel.

Im Rückblick kommt mir der Verdacht, dass ich anscheinend immer noch nicht ausgelastet war, denn ich begann noch nebenbei ein Zusatzstudium an der Uni Braunschweig. Das Ziel war mein Abschluss zum Realschullehrer. Dazu benötigte ich ein zweites Haupt-fach, mein erstes war ja Religion. Ich wählte das Fach Technik, einmal weil ich dazu von meiner prakti-schen Veranlagung einen Hang habe und weil dieser Bereich in der Schule kaum durch Lehrer abgedeckt war. So wurde ich Realschullehrer mit der unge-wöhnlichen und heute gar nicht mehr zulässigen Fä-cherkombination Religion und Technik. Im Ergebnis brachte dieses Studium nicht nur eine bessere Besol-dung, sondern auch eine vielseitigere Einsatzmög-lichkeit. So war ich z. B. mehrmals für ein Jahr zur Schöninger Realschule abgeordnet. Der Bereich Technik war besonders attraktiv für die Arbeit mit älteren Schülern, gerade wenn es um Computer und Software ging.

Aus der Kombination Lehrer und gleichzeitig Pastor zu sein, ergab sich eine kuriose Begebenheit. Ich war durch beide Tätigkeiten in der kleinstädtischen Öffentlichkeit vielen bekannt. Ich klönte ein wenig mit einer unserer Reinigungskräfte in der Schule beim Aufräumen in der Physikvorbereitung. Dabei sprach sie mich nach ihrem Verständnis auf diese Doppelrolle an: „Herr Muttersbach, Sie haben doch hier in Schöningen noch einen Bruder. Stimmts? Der ist Pastor."

Die Schule galt für mich nicht als lästiger Broterwerb, der lediglich die eigentliche Arbeit in der Gemeinde ermöglichen sollte. Beides – Schule und Gemeinde – waren Aufgabenbereiche, die hohen Einsatz erforderten und auch erwarten konnten. Dabei hatte die Schule natürlich Priorität, weil ich mit ihr schließlich einerseits ein verbindliches Dienstverhältnis hatte und andererseits Unterricht und damit Umgang mit Schülern und Eltern zu recht volle Aufmerksamkeit und Zuwendung erforderten. Allerdings verlangte dies nicht nur ganzen Einsatz, sondern ist auch verbunden mit Freude am Beruf, vielen guten Erfahrungen und der Erinnerung an ein sehr nettes Kollegium in der Eichendorffschule.

Mein Interesse, möglichst selbstständig Drucksachen für die Gemeindearbeit zu erstellen, ließ mich stets auf neuere Bürotechniken achten. Das führte mich schon sehr früh zum Einstieg in die Computerei in einer Zeit, als es noch gar keine PCs gab. Das verschaffte mir in der Schule einen Wissensvorsprung in der sich anbahnenden Entwicklung. So kam es dazu, dass ich in den 80er und 90er Jahren mit der schulischen Einführung dieser Techniken sowie mit der entsprechenden Lehrerfortbildung betraut wurde und im Land Niedersachsen Unterrichtsprogramme dazu mitentwickelte. Grundlagen der Elektronik, Computertechnik, Software-Entwicklung und die dazugehörige Umsetzung für den Unterricht waren fast so etwas wie mein schulisches Hobby.

13
Gemeindeentwicklung in Schöningen

Bei allem Einsatz für die Schule sollte die Gemeinde keinesfalls zu kurz kommen. Mein Dienst in ihr war für mich klar umrissen: Ich war als Pastor verbindlich tätig wie jeder andere Pastor, wenn auch in einem eingeschränkten Zeitrahmen und ohne jegliche Bezahlung. Damit war ich also für alle entsprechend in Frage kommenden Dienste zuständig und ansprechbar.

Die folgenden Seiten mögen dem Leser vorkommen, als seien sie mehr eine Abhandlung zur Schöninger Gemeindegeschichte als zu meiner persönlichen. Das liegt einfach daran, dass diese Gemeindegeschichte eben auch ein wesentlicher Teil meiner eigenen ist. Zu sehr ist alles, was in diesen Jahrzehnten in der Gemeinde geschah, auch mit meiner Biografie verwoben.

Zunächst ist es interessant, die „Entwicklungsschiene" der Gemeinde zu sehen. Denn die anfängliche Ausgangslage und das Entwicklungspotential, das ich nutzen wollte, machten für mich den eigentlichen Reiz aus für diesen Dienst. Das genau entsprach dem, was Gott mir als Gabe – und damit auch als Aufgabe – mitgegeben hatte.

Manch einer kennt noch kleine Hinterhof-Gemeinden, die ein eher schlichtes und auf sich bezogenes Dasein fristen. Hier halten sich Traditionen besonders gern, weil sie der eigenen Identität dienen und der Abgrenzung zur übrigen „Welt". Auch spielen einzelne Personen und Familien eine stabilisierende, aber auch beharrende oder gar bestimmende Rolle. Eine solche Situation kann eine kleine Gemeinde zum Aussterben führen. So negativ lässt sich das allerdings nicht auf die Ausgangssituation in Schöningen übertragen. Auch wenn das erste Kennenlernen schon zu meinen Heidberger Zeiten auf mich den Eindruck einer kleinen miefigen Hinterhof-Baptistengemeinde hinterließ. Nach dem Weggang meines dortigen Vorgängers gab es zunächst eine Zeit der Resignation. Typische Redewendungen waren: „Wir bekommen keinen Pastor mehr, wir können keinen bezahlen." „Uns fehlen Mitarbeiter." „Die Alten sterben und die Jungen ziehen weg." „Wir haben kein Geld." „In Schöningen leben wir sowieso am Rande der Welt." Letzteres bezog sich auf die damalige fast extreme Grenzlage zur DDR. Wenige Einwohner kannten die Baptistengemeinde in Schöningen, obwohl deren bescheidenes Domizil eine recht zentrale Lage hatte. Das allerdings war nur zugänglich durch einen schmalen Gang neben einem unscheinbar wirkenden älteren Fachwerkhaus. Erst am Ende des Ganges zeigte sich der Zugang zum Gottesdienstraum – eigentlich nur etwas für Eingeweihte.

Das zunächst so negativ geschilderte Bild der Gemeinde hatte allerdings auch positive Ansätze. Das lässt sich schon daran erkennen, dass die Gemeindeleitung den Wunsch nach einer Situationsänderung hatte und dazu auch einiges unternahm. Gerade das war auch der Grund, mich in meiner Heidberger Zeit auf eine Zusammenarbeit anzusprechen. Und – wie schon geschildert – kam das meinen Gaben entgegen, vorzugsweise Gemeindeaufbau zu betreiben.

Wenn ich im Rückblick die zwanzig Dienstjahre in und mit der Gemeinde Schöningen betrachte und dabei die Entwicklung sehe, die die Gemeinde in der Zeit durchlief, dann kann ich nur staunen. Aus dieser kleinen Hinterhofgemeinde wurde eine der Stadt zugewandte, aufgeschlossene und auch in der Öffentlichkeit wahrgenommene Gemeinde mit einem einladenden Gemeindezentrum an einer der Hauptstraßen Schöningens. Veranstaltungen mit breiter Publikumswirkung, Gottesdienste, zu denen gern auch „Laufkundschaft" kommt, ein breiter Freundeskreis, die Möglichkeit einer Gastmitgliedschaft usw. lassen nicht nur den Wandel in Bezug auf das Gebäude ahnen, sondern auch in Bezug auf Denk- und Lebensweise. So war der Dienst von Frauen lange Zeit ein Thema, dessen Diskussion auf mich manchmal geradezu exotisch wirkte. Heute ist eine Frau Gemeindeleiterin. Das Abendmahl wird ganz selbstverständlich unter Mitwirkung von Frauen gefeiert usw. Das ist nur eines von vielen Beispielen. Die frühere Gesetzlichkeit und Enge schlummert nur noch in unbeleuchteten Denk-Winkeln einzelner. Selbst die starre Grenze zwischen gläubig getauften Gemeindegliedern und anderen Gläubigen, die ihre Säuglingstaufe ernst nehmen, ist längst nicht mehr so trennend wie früher. Heute gibt es wenigstens schon eine Art Gastmitgliedschaft, die einer Vollmitgliedschaft recht nahe kommt und sicher noch Entwicklungspotenzial enthält. Wer hätte sich früher denken können, dass die Gemeinde eine Sportgruppe hat oder – 2006 als damals einzige öffentliche Einrichtung der Stadt – im Gemeindezentrum die Möglichkeit bot, die Fußballweltmeisterschaft per Großbildprojektion zu verfolgen mit viel Publikum, Hallo, Getränken und Grillwürsten? Wer hätte sich früher denken können, mit Ausstellungen, Konzerten, Vorträgen und Festen ein breites Publikum zu erreichen?

Nun muss ich ehrlicherweise auch erwähnen, dass der Weg lang und manchmal auch recht mühsam war, aber er hat sich gelohnt. Wichtige Station auf diesem Wege war eine missionarische Öffnung schon unter den alten räumlichen Bedingungen. Daraus ergab sich speziell für die jüngere Generation die Not-

wendigkeit zusätzlicher Raumbeschaffung. Eine Teestube wurde in einem ehemaligen Frisörladen in der
Nachbarschaft eingerichtet. Das führte wiederum zu
einem erheblich vergrößerten Aktionsradius der ganzen Gemeinde und zu der Bereitschaft, generell an den
Bau eines Gemeindezentrums zu denken. Die alte Enge war wie eine hinderliche Eierschale für ein wach-
sendes Küken.

Interessant ist, wie die ernsthafte Diskussion über
einen Neubau gleichzeitig Freude und Befürchtungen durchschimmern ließ – Freude wegen der befrei-
enden und Chancen eröffnenden neuen Möglichkeiten; Angst und Befürchtungen im Wissen darum, dass
dieser Schritt einerseits eine Trennung von Liebge-
wordenem und Sichergeglaubtem bedeutet und gleichzeitig ein Wagnis ist mit ungewissem Ausgang. Das
Wagnis bestand natürlich im finanziellen Risiko. Andererseits war wohl den meisten auch klar, dass es in
der Gemeindearbeit keinen Rückweg mehr geben
würde zu den eng begrenzten, aber traditionell gesi-
cherten Gepflogenheiten. So bedeutete der Neubau
nicht einfach ein anderes Gebäude, sondern auch ein
anderes Denken über unsere Aufgabe als Freikirche
in Schöningen, vor allem auch über die Art, wie wir
diese Aufgabe wahrnehmen.

Dieser Veränderungsprozess über zwanzig Jahre
war weniger das Ergebnis strategischer Planung als
vielmehr ein ständiges Fragen nach dem nächsten
Schritt. Es sollte stets im wahrsten Sinne ein Fort-
Schritt sein. Aber eine großartige Vision oder ein Kon-

zept meinerseits oder unsererseits – schließlich haben wir uns auch als Team verstanden – stand nicht vor Augen. Dass stets eines zum anderen passte und manche Ungelegenheit zur Gelegenheit wurde, schreibe ich der Führung Gottes zu. So hatten wir zum Beispiel über fünf Jahre die schon erwähnte Teestube, die sich außerordentlicher Beliebtheit erfreute. Die Kündigung der Räume wegen Eigenbedarfs des Vermieters schien ein Rückschlag zu sein. In Wirklichkeit war sie der entscheidende Anstoß, in Sachen Neubau endlich konkret zu werden. Das Raumproblem wurde dadurch einfach zu drückend.

Wie schon erwähnt, war aber die Baufrage bei einigen derartig von Ängsten besetzt, dass jeder Schritt in diese Richtung einen kleineren oder größeren Anstoß Gottes benötigte. Mir war schleierhaft, wie fromme Leute so zaghaft sein konnten und – im Bild gesprochen – durch die von Gott geöffneten Türen geradezu getragen werden mussten. Wer um Gottes Führung betet, muss natürlich auch mit Gottes Antwort rechnen, d. h. Augen und Ohren öffnen für das, was sich ereignet. Zu diesen „offenen Türen" gehörte die günstige Entwicklung der Finanzlage, die Entdeckung eines passendes Grundstückes, akzeptable Ideen und Entwürfe für den Neubau, die zunehmende Unterstützung durch Stadt und Landkreis für das Vorhaben usw.

Ein Argument gegen den Bau stammte aus der alten Kiste der Klagesprüche, die ich oben schon erwähnte: „Die Alten sterben und die Jungen ziehen weg." Im Klartext: Es hat keinen Sinn zu bauen. Dieses Argument war übrigens stimmig. Es entsprach der nüchternen Realität. Aber es war nur die halbe Wahrheit. Zur ganzen Wahrheit gehörte, dass trotz dieser durchaus ernüchternden Erfahrung die Gemeinde gewachsen ist. Da stellte sich für mich die Frage: Wie kommt es, dass es die Gemeinde immer noch gibt? So erstellte ich eine Statistik und bereitete sie grafisch auf. Daraus gingen beide Hälften der Wahrheit hervor. Ein abnehmender Keil zeigte die Summe der Gemeindeglieder, die schon seit vielen Jahren dabei waren, aber im Laufe der Jahre natürlicherweise immer weniger wurden. Darauf lag ein zunehmender Keil derer, die im Laufe der gleichen Zeit dazugekommen waren. So konnte die Gemeinde sehen, dass selbst bei gleichbleibender Gesamtzahl der Mitglieder, ein lebendiges Wachstum sichtbar vor Augen stand, aber die Zahl in Wahrheit sogar um zehn Prozent zugenommen hatte. Das war doch auch Gottes Handschrift und ein Grund zum Danken. Den Pessimismus einiger empfand ich nun nicht gerade als Ausdruck des Dankes. Interessant war auch, dass ständig gefragt wurde, ob wir als Gemeinde genug gebetet hätten um klare Führung Gottes. Diese Frage verschwand auf einmal, als die Finanzlage den Bau als unproblematisch erscheinen ließ. War die fromme Frage nach der Führung Gottes nur Ausdruck der Angst vor einem finanziellen Risiko? Jetzt musste man auf einmal nicht mehr nach Gottes Führung fragen?

Das klingt alles ein wenig sarkastisch, zeigt aber, dass fromme Leute auch nicht immer ganz ehrlich mit ihren eigenen Motiven umgehen. Um so erfreulicher war Gottes Geduld mit uns und sein liebevolles Anschieben Stück für Stück auf dem Wege zu einem Neubau, der schließlich nicht nur ein Gebäude sein sollte, sondern ein weiterer Schritt in der Gemeindeentwicklung.

Diese Schilderungen zeigen schon, wie sehr ich inhaltlich mit der Baufrage beschäftigt war. Später kamen noch ganz äußerliche Anforderungen hinzu. Ich war in der Baukommission auch mit ganz praktischen Fragen der Gestaltung, der Bauausführung und der Eigenleistungen beschäftigt. In Freistunden oder direkt nach dem Unterricht war ich erst einmal auf dem Bau anzutreffen. In der Schlussphase musste ich schließlich obendrein die umfangreichen Einweihungsfeierlichkeiten vorbereiten.

Dem Trubel der Einweihungswoche folgte natürlich der – veränderte – Gemeindealltag. Es ist müßig, all die Veranstaltungen aufzuzählen, die in den folgenden Jahren schon allein durch die guten räumlichen Gegebenheiten stattfinden konnten. Konzerte, Ausstellungen, Nachbarschaftsfeste, Vortragsreihen, Familienfeste und natürlich Gottesdienste in vielen Variationen wurden nun möglich. Interessant war eine anerkennend gemeinte Bemerkung im ökumenischen Arbeitskreis, so als sei ich persönlich jetzt etwas Besseres als vorher: „Sie haben ja nun eine Kirche.“

Es war eine Freude zu sehen, dass jetzt auch „Lauf-kundschaft" in die Gottesdienste kam, also Leute, die von sich aus ohne spezielle Kontakte und Einladungen das Gemeindezentrum besuchten. Die räumliche Atmosphäre aber auch die offene Art der Mitarbeiter in der Gestaltung der Anlässe wirkten von sich aus einladend.

Die nächste Jahre brachten neben allen Veränderungen zwei einschneidende Erfahrungen. Das war einmal die Grenzöffnung 1989 und der Zuzug von Russlanddeutschen nach Schöningen. Die Grenzöffnung war für alle, die das erlebten, wie ein Traum. Schöningen lag in einer Wolke von Trabbi-Abgasen. Alle Kirchen boten ihre Gastfreundschaft den vielen oft völlig unvorbereiteten DDR-Bürgern an. Die hatten an diesen kalten Frühwintertagen stundenlang im Stau gestanden, waren nun hungrig, relativ orientierungslos und oft mit Säuglingen im Auto. So hatten wir glücklicherweise einen Wickelraum im Gemeindezentrum, natürlich mit allerlei Windelgrößen usw. ausgestattet. Vor allem aber boten wir den Leuten im kleinen Saal an Sechsertischen die Möglichkeit zum Kaffeetrinken als Ort der Entspannung und der Gespräche. Gerade letzteres war außerordentlich wichtig für die Besucher. Deshalb platzierten wir Mitarbeiter jeweils an den Tischen. Aus dieser aufregenden Zeit ergaben sich viele Kontakte über die alte Grenze hinweg, die bis in die Gegenwart bedeutsam sind. Schöningen war nun nicht mehr am „Ende der Welt".

Der Zuzug von Russlanddeutschen war für die meisten Baptistengemeinden in Deutschland außerordentlich problematisch, weil sich die Vorstellungswelten, Traditionen und Erwartungen aneinander zu sehr unterschieden. In der Regel gründeten die Zugewanderten nach kurzer Zeit eigene Gemeinden, in denen sie ihren Stil und ihre Sprache pflegen konnten. Glücklicherweise ist das in Schöningen gänzlich anders verlaufen. Das soll hier nicht in Einzelheiten geschildert werden. Bedeutsam war, dass es sich zunächst um drei ältere leibliche Schwestern handelte, die als Baptistinnen zu uns stießen. Nach anfänglichem Befremden auf beiden Seiten und nach vielen Hilfsangeboten für sie, tauten sie ein wenig auf. Ihr Misstrauen, ob wir wohl in rechter Weise Christen seien, schwand aber vollends, als sie ihre Verwandtschaft nachholten, die in der Sowjetunion von den Baptisten nichts wissen wollten, aber in Schöningen zu unseren Gottesdiensten kamen und einer nach dem anderen zum Glauben fand. Damit war für die drei Schwestern klar, dass wir mit unserer für sie so anderen Art nicht ganz verkehrt sein könnten. Heute sind unsere Russlanddeutschen Gemeindeglieder so integriert, dass ein Außenstehender wohl Probleme hätte, sie herauszufinden. Sie arbeiten mit, und die jüngere Generation heiratet „gemischt", wenn es denn passt.

Die Frage nach der weiteren Entwicklung der Gemeinde lag nach dem Umzug in das neue Gemeindezentrum auf der Hand. Die ermutigenden Erfahrungen und die positive Wirkung in der Öffentlichkeit zeigte sich als Potenzial, das genutzt sein wollte. Aber genau hier lag nun auch ein Problem. Eine notwendige Steigerung unseres Einsatzes mit vielen zusätzlichen Angeboten für die Öffentlichkeit erforderte ein erweitertes Mitarbeiterspektrum und vor allem auch mehr Ideen und mehr Energie zu deren Umsetzung.

Das, was ich fast durchgängig in den zwanzig Jahren als Aufgaben in der Gemeinde zu bewältigen hatte, waren monatlich zwei Gottesdienste, Gemeindeunterricht, Trauungen und Beerdigungen, Haus- und Krankenbesuche, Seelsorge (z. T. auch sehr intensive begleitende Seelsorge), Gemeindeleitung, einzelne Themenreihen in Bibelgesprächen, Planung und Durchführung von Sonderveranstaltungen, Mitarbeit im Ökumenischen Arbeitskreis, Öffentlichkeitsarbeit und allerlei Kleinkram, der eben auch dazu gehört. Das alles geschah neben meinem vollen und engagierten Dienst in der Schule als Realschullehrer im wechselnden Einsatz in Deutsch, Religion, Technik und Informatik, Werken, Naturwissenschaften, Erdkunde und Geschichte – mit allem, was darüber hinaus den Schulalltag auch noch bestimmt wie Konferenzen, Elterngespräche, allerlei Papierkram usw.

Die Schlussfolgerung daraus dürfte eindeutig sein: Meinerseits war eine Steigerung nicht mehr möglich, schließlich war ich voll im Beruf als Lehrer gefordert und logischerweise auch älter geworden. Ich hatte am Ende insgesamt zwanzig Jahre den Pastorendienst in

Schöningen getan. Das heißt eben auch: Ich bin zwanzig Jahre älter geworden. Die Gemeinde hat ein schönes Stück aus meinem „Lebenskuchen" für sich erhalten, vom 32. bis zum 52. Lebensjahr. Jetzt, wo sich die lohnenden Arbeitsmöglichkeiten für die Gemeinde steigerten, musste ich Erwartungen an einen gesteigerten Einsatz meinerseits bremsen, was bisher ganz und gar nicht meine Art war.

Die Lösung des Problems zeigte sich in einem simplen Rechenexempel. Unsere Finanzleute kamen zu dem Ergebnis, dass nach dem bisher so rasant verlaufenem Schuldenabbau ein Vollzeitpastor finanzierbar sei. Das war für mich das passende Stichwort, denn nun zeigte sich die Möglichkeit für die Gemeinde, mit viel mehr Energie – also einem vollzeitlichen Pastor – die Dinge weiterzuentwickeln. Deshalb kündigte ich mein Dienstende nach zwanzig Jahren für den Februar 1992 an.

Dazu muss ich sagen, dass es auch nach neunzehn Jahren hätte sein können. Aber meine Eitelkeit verleitete mich, die zwei Jahrzehnte voll machen zu wollen. „Zwanzig Jahre" – das klingt einfach besser, aber das hatte ich auch zu bereuen, denn das letzte Jahr ist mir recht sauer geworden. Ich merkte dies besonders im anschließenden Sabbatjahr, in dem ich ganz bewusst nichts für die Gemeinde tat. Recht ausgelaugt brauchte ich Erholung.

Meine Verabschiedung wurde ganz offiziell gefeiert. So brachte die Gemeinde auch die vielseitigen Kontakte in und mit der Stadt zum Ausdruck. Durch den Bürgermeister – der zugleich mein Chef in der Schule war und mir freundschaftlich verbunden – wurde mir eine besondere Ehrung zuteil. Ich bekam die „Schöninger Wassermaid" überreicht für mein langjähriges Engagement in der Stadt. Diese bronzene Wassermaid ist das Wahrzeichen Schöningens und erinnert an die Wasserträgerinnen, die früher weiches Wasser besorgen mussten, weil Schöningen das härteste Wasser Deutschlands hatte. So habe ich wohl bis dahin verschiedene Spuren in der Stadt hinterlassen, die – wenn sie denn positiv waren – nach meinem Verständnis in Wahrheit als Spuren Gottes anzusehen sind, denn er hat schließlich meinen Einsatz möglich gemacht.

14
Schule, Gemeinde und Familie – Wie geht das zusammen?

Ich bin immer wieder von Kollegen – Lehrern wie auch Pastoren – gefragt worden, wie ich mein Arbeitspensum eigentlich schaffe. Diese Frage stellte sich für die gesamten zwei Jahrzehnte, in denen ich Pastor der Gemeinde Schöningen war. Darauf hatte ich stets zwei mögliche Antworten parat. Die eine war etwas locker-flockig: „Das geht, weil ich mich ständig ausruhe. In der Schule erhole ich mich von der Gemeinde, in der Familie erhole ich mich von der Schule und in der Gemeinde von der Familie." Da ist sogar etwas Wahres dran, denn ein Wechsel der Anforderungen kann in der Tat eine mögliche Mehrleistung bewirken. Aber befriedigend ist diese Antwort nicht.

Mit der zweiten Antwort offenbarte ich meine Ratlosigkeit vollends. Ich weiß bis heute nicht, wie das alles funktionieren konnte. Es gibt dafür keine wirklich plausible Erklärung. Nach menschlichem Ermessen hätte ich in kurzer Zeit stehend k. o. sein müssen. Aber in keinem Falle kann ich mich als Helden sehen, der Unglaubliches geleistet hat und sich stolz auf die eigene Schulter klopft. Diesen Eindruck möchte ich mit allem Nachdruck vermeiden. Das ist mir außerordentlich wichtig und hat natürlich seinen Grund. Ich erkläre mir und anderen dieses Geschehen mit der Geschichte von der Speisung der Fünftausend (Matthäus 14,13-21). Dort wird Unglaubliches berichtet. Fünftausend wurden satt, obwohl die Jünger Jesu nicht mehr hatten als fünf Brote und zwei Fische. Das Einzige, was die Jünger auszeichnete, war, dass sie das Wenige, das sie hatten, im Auftrag Jesu verteilten. Jesus hat ihnen keinen Berg Brote gezaubert, wie das in einem Jesusfilm dargestellt wurde. Das Wenige hatten sie zu verteilen. Das war alles. Aber das Ergebnis ist erstaunlich. Kann mir das einer erklären? Das eigentliche Wunder ist, dass alle satt wurden und noch vieles übrig blieb. Die Geschichte beschreibt dies, aber sie erklärt nicht, wie das funktionierte. Genau so sehe ich meine eigene Geschichte. Ich habe das, was Gott mir an Gaben und Möglichkeiten gegeben hat, in Jesu Namen eingesetzt. Das ist alles. Natürlich kann ich auch von Hingabe, von Einsatz, Verzicht und Selbstdisziplin sprechen usw. Aber das erklärt doch nicht wirklich das, was geschehen ist, weil all diese „Tugenden" niemals ausgereicht hätten. Wahrscheinlich hätten sie mich als eine Art Gutmensch nur ruiniert und ich wäre heute in einer Klappsmühle. Aber ich erfreue mich immer noch bester Gesundheit und bin recht unternehmungslustig. Was meinen Einsatz ermöglichte und was er bewirkte, ist Gottes Werk und nicht meines. Das muss ganz klar sein! Deshalb schreibe ich dies nicht in selbstverliebter Bescheidenheit, sondern in einer ganz großen und tiefen Dankbarkeit. Gottes Spuren sind bewundernswert. Wer sie sieht, kommt ins Staunen. Hinzu kommt, dass ich nie den Eindruck haben musste, im Leben zu kurz gekommen zu sein. Aber diese Erfahrung konnte ich nur machen, weil ich mich auf Gottes Führung eingelassen hatte und zum Einsatz bereit war. Als Ergebnis entdecke ich die Spuren Gottes in meinem Leben. Spuren entstehen eben nur in Verbindung mit Bewegung.

Gewundert habe ich mich oft über den scheinbaren Gegensatz von Beten und Arbeiten. Manchmal wurde ich durch meinen Einsatz als „Macher" hingestellt im gewollten Gegensatz zum „Beter", der schließlich der wahre Fromme zu sein scheint. Das hat mich schon geärgert. Nun will ich niemandem vorwerfen, wenn er nicht weiß, wie viel Gebet zu meiner Arbeit gehörte und sie ohne Gebet auch gar nicht denkbar wäre. Nur stört mich der Gegensatz von beidem generell, suggeriert er doch, der Beter könne getrost seine Arbeit Gott überlassen als würde Gott sie für ihn erledigen. Das ist nicht nur die beste Art unerhörlich zu beten, sondern obendrein eine verkürzte Wahrnehmung biblischer Texte, die stets auch vom Tun des Willens Gottes sprechen. So geht es im Gebet unter anderem um die Erkenntnis dessen, was er von mir erwartet und um Kraft und Weisheit, diese Aufgaben erfüllen zu können. Aber ohne Zweifel folgt dann auch logischerweise die eigene Arbeit. Die Spuren Gottes markieren unser Leben nicht, wenn wir unser Leben fromm in der Kirche oder im „stillen Kämmerlein" parken. Das ist wie beim Autofahren. Erst wer unterwegs ist, entdeckt die Wegweiser und kann sich daran orientieren.

Mir war in meinem Dienst stets wichtig, im Team zu arbeiten. Natürlich habe ich vieles sehr selbstständig tun müssen, aber Gemeindearbeit kann nach meinem Verständnis nur wirklich gut sein, wenn sie Teamarbeit ist. Das hat seinen einfachen Grund in biblischen Aussagen. So beschreibt Paulus in Römer 12 und in 1. Korither 12 die Gemeinde im Bild vom Leib, bei dem jedes Glied wichtig ist, gerade weil es anders ist als alle anderen. Erst das Zusammenwirken verschiedener Fähigkeiten dient dem Ganzen und auch dem Einzelnen. Wenn von den verschiedenen Gaben des Heiligen Geistes die Rede ist, so sind sie doch fast alles Gaben, die nicht dem Gabenträger dienen, sondern den anderen in der Gemeinde und darüber hinaus. Jede Gabe ist also von Gott als Aufgabe im Dienst für andere gedacht. Der Gabenträger hat damit den Anderen im Blick und nicht sich selbst. Das verbietet jede Wichtigtuerei.

In der Praxis ergab sich daraus ein sich mehr und mehr entwickelnder Teamgeist. Jeder wusste vom anderen, welche Aufgaben er wahrnahm. Niemand meinte, den anderen ersetzen zu können, weil er schließlich auch selbst seinen Teil erfüllen wollte und sollte. Abstimmung, Absprachen, Vertrauen und Zuverlässigkeit entwickelten sich so, dass daraus ein Paradoxon entstand. Wir konnten uns Kommunikationslücken leisten, weil jeder in dem, was er tat und entschied, sich quasi im Hinterkopf mit den anderen abstimmen konnte. Vom „blinden Vertrauen" war in einer Gemeindeversammlung die Rede. Das war ehrlich positiv gemeint. Dass es aus dieser idealtypischen Linie immer auch wieder Abweichungen gab, ist verständlich. Wir waren keine Superleute. Aber die Grundlinie und damit auch diese grundlegende Erfahrung hat uns über Jahrzehnte stark geprägt. Ich denke, das hat der Gemeindearbeit insgesamt sehr gut getan. Damit wurde das zur praktischen Erfahrung, was Paulus von der Gemeinde schrieb als einem Leib, dessen Glieder sich gerade durch ihre Unterschiedlichkeit ergänzen und einander benötigen. Manchmal erklärte ich keck: „Ich habe viele Gaben." Nach einer Pause zum Stirnrunzeln der anderen fügte ich dann hinzu: „Weil ich viele begabte Schwestern und Brüder habe. Ihre Gaben kommen ja auch mir zugut."

15
Veränderungen in der Familie

Unsere Großfamilie war ebenfalls ein Stück Leib Jesu in diesem Verständnis. Wir waren schließlich sehr unterschiedliche Leute in drei Generationen: alt, jung, krank, behindert, gesund, berufstätig, Rentner, Schüler, in der Gemeinde engagiert usw. Das Haus war auf unsere verschiedenen Bedürfnisse zugeschnitten und eingerichtet. Jeder besaß sein eigenes Reich, gemeinsam hatten wir Küche, Ess- und ein großes Wohnzimmer und natürlich auch Terrasse und Garten. Die gemeinsamen Mahlzeiten am großen ovalen Tisch spielten eine große Rolle als Drehscheibe für allerlei Gedankenaustausch und Planungen aber auch für fröhlichen Unsinn. Gäste waren häufig dabei, besonders nach Gottesdiensten oder zu abendlichen Feiern.

Es gab – eigentlich ohne dass wir das so großartig abgesprochen hätten – zwei Grundregeln, die uns das Zusammenleben ermöglichten. Wir wurden natürlich immer wieder gefragt, wie denn so etwas funktionieren könne. Obendrein standen wir quasi unter „Beobachtung". Das ist nicht negativ gemeint. Aber wer so in Gemeinde, Schule und städtischer Öffentlichkeit bekannt war und ein offenes Haus hatte, kann nicht verbergen, wie er lebt. Das wollten wir auch nicht.

Die Grundregeln waren ganz einfach. Als erstes: Jeder in der Großfamilie will, dass wir so leben. Das heißt umgekehrt, wir fühlen uns nicht dazu gezwungen oder sehen dies als Opfer oder bedauerliche Notlösung an. Damit ist schon eine positive Grundstimmung prägend. Zweitens: Jeder geht mit dem anderen respektvoll um. Daraus ergibt sich die nötige Toleranz, die jedem so viel Raum zur eigenen Entfaltung gibt, wie er es für sich möchte und wir ersparen uns nervige egoistische Verhaltensweisen.

Wie gesagt, das hatten wir so gar nicht als Verhaltenscodex extra abgesprochen, sondern es einfach gelebt. So unkompliziert kann Zusammenleben sein. Unsere Zeit als Großfamilie sehe ich im Rückblick als ein „Erfolgsmodell" und als eine beglückende Erfahrung, die ich nicht missen möchte.

Veränderungen ergaben sich aus verschiedenen Gründen. Silke wurde erwachsen, machte ihre Berufsausbildung als Erzieherin und heiratete ihren Wolfram. Die beiden zogen natürlich in ihr eigenes Nest.

Unsere Oma war zwar zeitlebens nie ohne irgendwelche Beschwerden, machte aber bis ins Alter für Außenstehende stets einen fitten Eindruck. Sie war groß, schlank und gern auch längere Wege zu Fuß unterwegs. Noch an ihrem Todestag ging sie vormittags in die Stadt, nachmittags erlitt sie einen Herzinfarkt und in der Nacht starb sie auf der Intensivstation. Wir konnten als Familie von ihr im Krankenhaus Abschied nehmen. Sie war bei Bewusstsein, wir sprachen miteinander und beteten für sie. Nach dem Tod der Oma zog Silke wieder in unser Haus jetzt als kleine Familie mit ihrem Mann Wolfram und Meike, ihrem ersten Kind.

Ingrid bekam zu ihrer MS noch Krebs hinzu, verbunden mit dem langjährigen Leidensweg über Operation, Bestrahlung und Chemotherapie, Hoffnung auf Heilungserfolg und Rückschlägen. Der Krebs war unheilbar und schon im ganzen Körper verteilt. Sie wurde immer pflegebedürftiger und war in den letzten Tagen geistig verwirrt. Viele nahmen Anteil an ihrem schweren Weg. Zuletzt starb sie im Hause im Beisein unserer „Restfamilie". Es war für uns alle traurig, hilflos diesen körperlichen und geistigen Verfall mitzuerleben. Andererseits war es gut, alles miteinander durchzustehen. So gehörte auch der Tod zur familiären Erfahrung.

Unsere Kinder, Jens und Anne, hatten schon früh den Wunsch, das kleinstädtische Milieu mit großstädtischem zu tauschen. Ihre Ausbildungswege boten ihnen diese Möglichkeit. Jens studierte Physik in Köln und ging später in die Schweiz, wo er mit seiner Familie auch bleiben wird. Anne wurde zunächst Krankenschwester in Hamburg, studierte noch Betriebssoziologie und lebt mit ihrer Familie in Schleswig-Holstein. Beide haben liebe Partner gefunden, mit denen sie auch gemeinsam ihren Weg im Glauben gehen. Beide haben Kinder, die uns sehr ans Herz gewachsen sind und an deren Entwicklung wir gern Anteil nehmen.

So hatte sich unser Haus einerseits langsam geleert, andererseits füllte es sich wieder, weil Silke und Wolfram mit ihrer Tochter Meike ins Haus zogen. Das Zusammenleben änderte sich jetzt von der ursprünglichen Großfamilie zu einer Wohngemeinschaft. Der Unterschied war nun, dass wir jeweils eigene Wohnungen im Hause nutzten und jeder für sich wirtschaften konnte. Das brachte noch genug Gemeinsamkeiten, so dass wir oft an unsere Großfamilien-Erfahrungen anknüpfen konnten. Nach der Geburt ihres sechsten Kindes wurde der Wohnraum dann doch zu knapp, und die achtköpfige Sippe Lutz zog in Wolframs frei gewordenes Elternhaus. Da Silke durch ihr Aufwachsen in unserem Hause eigentlich wie unsere Tochter ist, haben wir in Wolfram und den sechs Kindern für uns so etwas wie einen Zusatz-Schwiegersohn und sechs Zusatz-Enkel.

Es gibt Menschen, die man als „Familientiere" bezeichnet. Ich zähle mich eigentlich nicht dazu. Aber die Jahrzehnte gemeinsamen Lebens in unserem Hause haben mich sehr in diese Richtung geprägt.

16
Trautes Rolle in meinem Leben

Wenn ich so rückblickend von der Familie berichte, dann taucht Traute fast nur am Rande auf. Das wird ihr in keiner Weise gerecht. In vielem dieser Erinnerungen müsste das „Ich" durch ein „Wir" ersetzt sein. Wir haben uns von Anfang an in einer herzlichen Liebe aufeinander eingelassen. Deshalb sind wir auch beide im gemeinsam Erlebten verwoben. Was haben wir nicht alles miteinander geplant, erarbeitet, getragen und durchgestanden? Wäre Traute nicht auch überzeugt gewesen von unserem ungewöhnlichen Weg, so hätte ich ihn ohne sie gar nicht gehen können. Sie hat mich unterstützt, wo immer sie konnte. Sie hat leidvolle Situationen mitgetragen und sich natürlich mitgefreut über alle guten Entwicklungen. Gerade die familiäre Stabilität hat mir den Rücken frei gehalten für meinen Einsatz. Wie viel gemeinsame Erfahrungen, Freuden und Eindrücke haben uns geprägt? In unserer Liebe zueinander sind wir so sehr aufeinander eingestellt, dass wir einerseits einander blind vertrauen können, andererseits aber erschrecken vor dem Gedanken, wie unser Leben wohl sein mag, wenn einer vor dem anderen stirbt. Damit meine ich nicht diese Symbiose in gegenseitiger Abhängigkeit, die manche Ehe ausmacht. Jeder von uns ist sehr selbstständig, hat eigene Schwerpunkte und Fähigkeiten. Jeder hat und nutzt allerlei Freiräume. Aber die Liebe zueinander, die Nähe, das Verständnis und die vielen Gemeinsamkeiten – alles das würde wegbrechen, wenn einer allein bliebe. Der Gedanke daran macht uns nicht nur den möglichen Riesenverlust beklemmend bewusst, sondern auch unsere Liebe zueinander.

Natürlich hat sich in unseren mehr als vier Jahrzehnten Ehe vieles eingespielt und wirkt von außen betrachtet recht alltäglich. Ich kann aber nicht sagen, dass sich unsere Ehe zu einem simplen Zusammenleben eingeebnet hat. Es ist wahr, wir überprüfen unsere Liebe nicht ständig durch die Gefühlslupe. Uns liegt mehr daran, den Riesengeldschein „Liebe" in kleine Münze zu wechseln, so wird und bleibt sie alltagstauglich. Wer seine Frau liebt, nimmt sie ernst, respektiert ihre Wesensart, fördert die Gemeinsamkeiten, trifft Entscheidungen nicht ohne sie, wertet sie nicht vor anderen herab usw. Liebe will im Alltag gelebt sein, und das ist mehr als langweilige Gewohnheit. So ist unser Umgang miteinander geprägt von dieser liebevollen Verlässlichkeit, vielen Gesprächen, gemeinsam getragenen Planungen und Entscheidungen und der gegenseitigen Fürsorge. Da spielen Zärtlichkeit, Nähe, Vertrautheit – also die ganze Palette der Gefühlsebene – natürlich eine wichtige Rolle, aber es ist keine schwankende Gefühligkeit, die ständig ihren Puls misst und bei ausbleibendem Hochgefühl die Zweisamkeit als beendet ansehen muss.

Was uns stets gefehlt hat, mögen andere in ihrer Ehe schätzen: heftige Streitereien, Eifersucht, Wutausbrüche und anschließend um so innigere Versöhnungsstunden. Stress hatten wir eigentlich genug im Leben. Weshalb sollten wir damit auch noch unsere Ehe „schmücken"? Das war also nicht unser Ding. Wer es mag, soll unsere Ehe deshalb getrost langweilig finden. Wir schauen uns dazu nur an und schmunzeln darüber.

So kann ich jedenfalls ganz schlicht sagen: Ich bin Gott von Herzen für Traute dankbar, dankbar, dass wir einander haben und hoffentlich noch lange haben werden, dankbar für die prägenden Jahrzehnte miteinander, dankbar für unsere Kinder, Schwiegerkinder, Enkel – zusammen mit unseren „Zusätzen".

17
Ruhestand

Was meinen Dienst als Pastor anbetrifft, bin ich eigentlich schon 1992 in den Ruhestand getreten. Damals beendete ich ihn, um einem Hauptamtlichen das Feld zu übergeben. Er sollte nun nach der so positiven Gemeindeentwicklung mit seinem vollzeitlichen Einsatz den Weg der Gemeinde weiter fördern. Dass dann vieles anders kam und die Gemeinde manche Pleite erlebte und z. T. auch selbst fabrizierte, hat mich sehr bedrückt. Zeitweilig musste ich als Interimsgemeindeleiter mehr Verantwortung übernehmen, als es mir nach meinem Dienstende jemals recht sein konnte.

In der Schule beendete ich meinen Dienst mit knapp 64 Jahren. Noch wenige Jahre zuvor tönte ich selbstgewiss, dass ich noch länger machen könnte. Zum Glück hat mich niemand auf meine Selbsteinschätzung festgelegt, denn das letzte Jahr fiel mir doch sehr schwer, zumal mir einige besonders belastende Faktoren als Energiefresser die Arbeit erschwerten. Beglückend war, dass Traute am gleichen Tag ihren Schuldienst beenden konnte. So waren wir beide in der gleichen Situation dieser neu zu gestaltenden Lebensphase.

Die übliche Frage „Was machst du denn so im Ruhestand?" lässt sich nicht mit dem üblichen Verweis auf anstehende Gartenarbeiten beantworten. Da gibt es noch viel Interessanteres zu gestalten, so sehr Gartenarbeit auch sinnvoll und genussvoll sein kann. Ich hatte z. B. schon in den Neunzigern mit historischen Forschungen begonnen, als ich Material sammelte zur Gemeindegeschichte in Schöningen anlässlich des Jubiläums 1995. Dabei stieß ich auf hochinteressante Akten im Staatsarchiv Wolfenbüttel. Die harren zum größten Teil noch der Bearbeitung, um sie auswerten zu können. Ebenfalls stieß ich damals auf die Tätigkeit des Vereins zur Freikirchenforschung. Dem gehöre ich inzwischen an und bin seit 2007 als Mitherausgeber der Zeitschrift für Freikirchenforschung verantwortlich für die Bearbeitung und Veröffentlichung der wissenschaftlichen Vorträge und Forschungsergebnisse. Daraus wird jährlich ein umfangreicher Band. Das allein kann mich für rund zehn Wochen vollzeitlich beschäftigen. Auch am eigenen Büchermachen habe ich Freude gewonnen. So ist inzwischen ein Predigtband mit einer Auswahl von 58 Predigten aus den letzten zwanzig Jahren entstanden und veröffentlicht. Das vorliegende Büchlein gehört natürlich auch in diese Rubrik.

So genießen wir auch die Freiheit, jetzt verreisen zu können, wann immer wir es für angebracht halten. Reisen zu den Kindern und Enkeln, Kurztrips zu für uns noch unbekannten Gegenden in Deutschland oder längere Touren, jetzt endlich auch einmal außerhalb der Saison, stehen auf dem Programm. Wir wissen nicht, wie lange uns diese Möglichkeiten gegeben sind und wir nutzen sie mit Genugtuung, nachdem wir jahrzehntelang diese Freiheit nicht hatten.

Die Mitarbeit in der Gemeinde hat dagegen eine abnehmende Tendenz. Das liegt einmal in der Natur der Sache, dass Altgediente schließlich auch ihre Aufgaben in jüngere Hände legen sollten. Schon seit meiner Zeit als Interimsgemeindeleiter bin ich nicht mehr in der Gemeindeleitung. Und vieles habe ich, was noch so „nebenbei" für mich anfiel, inzwischen abgegeben: Gemeindebrief, Homepage der Gemeinde, Gemeindearchiv, Protokollführung in den Gemeindeversammlungen usw. Einige Predigtdienste sind geblieben, die Einbindung in einen Hauskreis der Gemeinde, auch einiges an Mitgestaltung thematischer Schwerpunkte. Aber gerade letzteres bringt mich in Konflikt mit Tendenzen in der Gemeinde, die ich nicht mitverantworten möchte. Zu viel ist von dem früheren Elan der Gemeinde verloren gegangen. Das bedaure ich schon deshalb, weil ich verschenkte Chancen sehe, ohne dass es meine Aufgabe wäre, dem mit vollem Einsatz entgegenzuwirken. Anfragen von Nachbargemeinden zu Predigtdiensten komme ich gern nach, wenn mir dabei die Freiheit bleibt, auch Nein zu sagen.

Zur Mitarbeit fällt mir ein Spruch ein, den ich einmal zu hören bekam: „Ein Christ ist immer im Dienst!" Gemeint war doch offensichtlich, dass auch Ruheständler stets zur Verfügung zu stehen haben, besonders Pastoren. Dem kann ich nur entgegnen: Ein Christ ist immer Christ, aber nicht immer im Dienst und schon gar nicht jedermann zur gefälligen Verfügung.

18
Fazit

Wenn ich, der ich ursprünglich gar nicht geboren werden sollte, so auf mein Leben zurückblicken kann, erfüllt mich tiefe Dankbarkeit. Gott hat nicht nur gewollt, dass ich lebe, sondern dass ich mit *ihm* lebe. In meiner Lebensgeschichte erkenne ich seine Spuren – oder in einem anderen Bild – seinen roten Faden. Mein Leben war seine Idee, nicht meine. Alle Kurven, Schlingen und Knoten dieses roten Fadens gehören dazu, alle Weichenstellungen und auch mein Unverständnis. Viele der Spuren Gottes habe ich erst später als solche erkannt und sicher noch viele mehr werde ich völlig übersehen haben. Aber nicht, was ich erkenne, ist maßgebend, denn unser Erkennen ist Stückwerk, wie Paulus es im 1. Korinther 13 beschreibt. Maßgebend und Leben spendend ist Gottes liebevolle Fürsorge, Führung und Bewahrung in meinem Leben – bei aller Freiheit, die er mir ließ. Für dieses Leben bin ich ihm von Herzen dankbar.

Lobe den Herrn, meine Seele, und vergiss nicht, was er dir Gutes getan hat! (Psalm 103,2)